# 偽裝日 01

## 捲入漩渦的人們

根據名為四環曆的古老曆法，傑洛一年總共有十六個月。

傑洛亦有四季之分，一季四個月，分別冠以「始」、「升」、「落」、「末」的稱謂，這些稱謂會被置於季節之前，例如升冬之月、末夏之月等等。

就如同地球一樣，春天是萬物復甦、迎接新生的季節。

傑洛人喜愛春天，認為它是一年中最重要的季節，也有吟遊詩人將它稱為「希望的四環」。

然而對雷莫國民來說，今年——也就是雷莫曆一四〇六年——的春天，卻糟糕透頂，甚至可以說是絕望。

讓雷莫國民如此驚恐的原因，在於某個可怕的傳聞。

女王駕崩！

這個後果嚴重到令人難以發笑的流言，以驚人的速度在雷莫境內散播，短短數天便傳遍了所有城市。

「庫布里克公爵與女王聯手，利用假死之計，將潛伏於國內的亞爾奈間諜一口氣消滅了。雖然計畫成功，女王卻不幸身亡，僅有庫布里克公爵倖存！」——像是這樣的流言，以遠遠勝過惡性傳染病的速度擴散開來。

初次聽聞這個流言的人，大多對此嗤之以鼻。

他們的反應很正常，畢竟這個流言的破綻實在太多了。誘殺間諜這種小事根本不用女王親自出手。別說王級魔法師了，光是派出一個伯爵級都嫌戰力過剩。

況且庫布里克公爵的情況眾所皆知，這位老公爵由於年紀實在太大，其實力在雷莫三公爵中敬陪末座，甚至被人私下戲稱是「只能用一次的最終兵器」。如果連女王都身亡的話，這位老公爵又怎麼可能活下來呢？

首都巴爾汀是最早傳出流言的城市，當然，聽聞流言的人大多一笑置之，但在兩天後，這些人開始笑不出來了。

莎碧娜前去弔唁庫布里克公爵一事屬於公開行程，而女王預計當天來回一事，也同樣不是機密。

但是，女王沒有回來。

若是晚了一天，還可以當作有事耽擱，但是晚了兩天，事情就有些不單純了。這是怎麼回事呢？

首都的貴族們有些不安，但基於對女王的信賴，他們認為或許這是因為半路發生了什麼意外，例如浮揚舟故障之類的。這類事件的發生機率雖小，但也不是不可能。

第三天，女王依舊沒有回到黑曜宮，各式各樣的小道消息開始流傳。

到了第七天，事態急轉直下。

女王仍然沒有消息，但撒謝爾城發布了莎碧娜身亡的官方聲明。

「女王與亞爾奈的刺客同歸於盡，屍骨無存。庫布里克公爵在悲慟之餘，突破了自己的極限，成功晉升為王級魔法師。庫布里克公爵目前正在養傷，等到傷勢痊癒後，他將帶領雷莫向亞爾奈復仇。」

這份官方聲明震撼了全雷莫。

眾人震驚的不只是莎碧娜之死，更震驚於庫布里克公爵的晉升，以及「帶領雷莫向亞爾奈復仇」這句話。

毫無疑問的，庫布里克公爵有意染指王位，企圖戴上至尊的冠冕。

難道莎碧娜女王的死亡，其實是庫布里克公爵一手策劃的？許多人的心中升起了這樣的疑惑。

……不，應該說只要不是智力有問題的人，在這個時間點上聽到這種聲明，都會覺得可疑吧？然而，沒有人對這份聲明橫加指責，哪怕貴族也一樣。

因為這份聲明中隱藏著某個令人戰慄的訊息。

庫布里克公爵晉升王級魔法師——這就是令所有人噤聲的原因。

所謂的「魔法師晉升」，絕不是一件能夠隨便拿來開玩笑的事情。魔法師的實力與地位掛鉤，因此對於爵位的授予一向嚴格考核。

這種考核可不是簡單的紙上作業，而是直接派出同階或更高一階的數位魔法師前去查證，完全沒有放水的可能。

王級已是魔法師的最高位階，如果庫布里克公爵真的成為王級，那麼就必須接受同為王級的莎碧娜的考核。雖然莎碧娜行蹤不明，但雷莫雙壁還在，庫布里克公爵說謊的可能性極低。

一旦真的晉升王級，庫布里克公爵就有角逐雷莫之王的資格了，偏偏莎碧娜又不知所蹤。換言之，庫布里克公爵距離王座只差一步。

就在撒謝爾城發布聲明的隔天，有十四座城市發布聲明，宣稱擁戴庫布里克公爵為王。這十四座城市與撒謝爾城一樣，皆位於雷莫東部。明眼人都知道，這十四位領主恐怕跟庫布里克公爵勾結已久。

於是，全雷莫的目光聚集到首都巴爾汀。

赫伯特·札庫雷爾。

英格蘭姆·亞爾卡斯。

他們會跑去撤謝爾城查證庫布里克公爵的虛實嗎？若是查證屬實，又會歸順對方嗎？還是說，他們會頑抗到底，直到確定莎碧娜的死訊？

雷莫雙壁接下來的行動，成為決定情勢的關鍵。

※◆※◆※◆※

雷莫曆一四〇六年，始夏之月九日，黑曜宮在主人不在的情況下，迎接了一場重大的會議。

與會者只有六人，但每一位皆是舉足輕重的存在。原因無他，這六人的爵位最低也是侯爵，同時也是受封城市的實權貴族。

雷莫的政治體系有一個很有趣的現象，那就是武職的地位遠高於文職。這是因為魔法師掌握著莫大的權力，同時每一個魔法師都擁有軍銜，因此造成了這樣的結果。事實上，不僅是雷莫，其他三國也有同樣的傾向。

在雷莫，會被授予文官職位的人大多是無城者，也就是沒有領地的低階貴族。換言之，雷莫並沒有「宰相」這種位高權重的超高級文官。就算是直接對國王負責、統籌一國金錢調度的財政部長，也僅僅只是一名伯爵罷了。

誠然，要處理好國家等級的行政事務，沒有相當才能的人是做不到的。所以針對這一點，雷莫設定了王家學院。這個學院的主要任務便是培養文官，為國家拔擢行政方面的人才，申請入學的大多是無城者——低階貴族。

這些低階貴族既然把持了國內絕大部分的行政職位，理論上應該會自成一派，想辦法爭權奪利才對，但高階貴族的靈威壓制，足以將這個可能性扼殺於搖籃之中。

官銜沒有意義，真正有意義的是爵位。

傑洛的魔物多如繁星，人類想要生存並不容易。有實力的魔法師才會被授予高爵、分封城市，守護人民與土地。

是故，這場會議也可說是專屬於領主的會議。

「莫瓦侯爵與史提列芬侯爵還沒來嗎？」

會議開始後，札庫雷爾率先開口。

長桌的一側有兩張空著的座椅，原本應該要坐在裡面的兩位侯爵遲遲沒有出現。

「我想他們正在猶豫到底要乘著哪一股風，才能飛向美麗的未來吧。」

亞爾卡斯帶著微笑，用吟唱般的聲調述說著尖刻的話語。

雷莫共有七位侯爵，其中一位已經公然表態支持庫布里克公爵。現在看來，這兩位侯爵恐怕也有轉投陣營的意思。除了里希特面無表情以外，另外三位侯爵聞言不禁露出苦笑。

莫瓦侯爵與史提列芬侯爵的領地位於雷莫東部，若是庫布里克公爵有什麼行動，首當其衝的正是他們。

這兩位侯爵沒有出席會議，但也沒有表態支持庫布里克公爵，從某個角度來看，這已經可以算得上是最好的結果。

不過亞爾卡斯顯然不這麼想，否則也不會說出這些話了。他能理解那兩位侯爵的難處，但對其行為並不認同。

「既然沒來，就別為他們浪費時間了。直接開始吧。」

接口的是里希特。

里希特雖然面無表情，但是任誰都看得出來，他對缺席者非常不滿。光從「鋼鐵獵犬」這個綽號，就可看出此人對於莎碧娜的忠誠心之深厚。

「也好。那麼……因為陛下不在，因此由我擔任會議主席，有人有異議嗎？」

札庫雷爾的視線掃了一圈，無人反對。

「時間有限，直接進入主題吧。關於庫布里克公爵的事情，諸位如何看待？」

此話一出，室內頓時陷入奇妙的沉默。

里希特環顧眾人，先不論札庫雷爾與亞爾卡斯，其他三位侯爵雖然不約而同地板著一張臉，但他仍從這些人的眼中看見了茫然與遲疑。

里希特知道這些人在想什麼，雷莫不能沒有王，沒有王的國家，只會被他國併吞。若是莎碧娜女王真的身亡，而庫布里克公爵又真的擁有王級魔法師的力量，他們會如何選擇自不待言。

然而，這個抉擇必須滿足兩個條件——

其一，庫布里克公爵的晉升屬實。

其二，莎碧娜女王的亡故亦屬實。

必須同時滿足這兩個條件，他們才會支持庫布里克公爵……不，應該說若滿足了這兩個條件，他們不支持庫布里克公爵也不行了，否則只有「為主殉死」或「流亡國外」兩條路可走。

在場眾人對於此事心知肚明，但沒人願意將其說出口，他們也需要顧及顏面。但這樣下去根本開不成會，於是札庫雷爾看了一下亞爾卡斯。

年輕的吟遊元帥領會到同僚的意思，他不耐煩地嘆了一口氣，然後率先開口。

「……我認為，當務之急是確定陛下的生死，以及庫布里克公爵晉升王級魔法師是否為真。諸位覺得呢？」

「公爵大人說得沒錯。」

「的確，要是不先查證這兩件事，做什麼都是多餘的。只要陛下平安歸來，老公爵不足為慮。」

「沒錯。陛下的安危最重要。我想，陛下很可能因為浮揚舟發生了什麼意外，因此迫降在城市外面，我提議立刻組織搜索隊，前去支援陛下。」

「喂，冷靜點，一廂情願的猜測可是很危險。如果只是浮揚舟發生意外，老公爵才不會發出那種聲明吧？派出搜索隊，等於是讓他們進入老公爵的勢力範圍，這不等於是教人送死？」

「不，任何可能性都不能放過。對浮揚舟的魔力爐動手腳，讓它飛到一半自爆什麼的，這種例子也不是沒發生過。或許陛下就是被捲入了類似的事件。」

「誰會做這種事？」

「當然是亞爾奈啊！老公爵不是說了，陛下與他聯手誘殺間諜嗎？」

「別傻了，那種藉口你也信？事實很明顯，老公爵勉強晉升成功，但他不敢挑戰陛下，才會使出這種下流的計策！」

「你這也是一廂情願的猜測吧，證據在哪？」

「所以才要派人調查啊！」

三位侯爵一反先前的沉默，開始激烈爭辯起來。

雖然他們的言論大多是憑空猜想，但從中可以感覺得到，侯爵們對於莎碧娜的存活與否抱著相當正面的信心。

若是要在莎碧娜．艾默哈坦與魯爾．庫布里克之間挑一人為王，他們更願意選擇前者。雖然莎碧娜作風強硬，而且經常侵犯他們的利益，但比起垂垂老矣、不知還能再活幾年的老人，還是挑個年輕的君主比較好。

正是基於上述心態，三位侯爵不相信莎碧娜已經身亡。這並非基於理性，而是基於感情所做出的判斷。

因為發言有些混亂，札庫雷爾以主席身分制止了眾人。就在大家安靜下來後，里希特突然要求發言。

「我這裡有些東西想讓各位看一下。」

說完，他將手中的資料拋出去。透過魔力，文件以輕柔的姿態緩緩飛到眾人面前，剛好一人一份。

想要用魔力控制像紙張這樣的輕盈物體，需要高超的操魔技術，但在場眾人並不覺得里希特是在賣弄，因為這種事他們也做得到。

「這是……？」

眾人閱讀文件，然後紛紛皺起眉頭。

「如各位所見，這是最近關於那些狂悖流言的調查。雖然時間上可能有點誤差，但各城市爆發流言的日期實在太近了，而且傳遍全城的速度也快得異常，明顯是有人在背後操控的結果。」

里希特一邊解釋，一邊拋出了第二份資料。就像先前一樣，文件輕飄飄地飛到眾人面前。

「另外，這是那些背叛陛下的城市的初步調查結果。不願效忠庫布里克公爵的軍隊將領，不是被殺就是被監禁，而且時間也極為相近。最重要的是，這兩件事後面都有某個組織的影子」

里希特頓了一下，然後緩緩說出那個名字。

「也就是——晨曦之刃。」

里希特沒有繼續往下說，但在場眾人已經充分了解他想表達的東西。

「……哼，我還以為站在那群鼠輩後面的會是誰，原來是頭老狐狸呀。」

曾經遭到晨曦之刃襲擊的亞爾卡斯露出冷酷的微笑，俊美的容姿看起來殺意凜然。其他三位侯爵同樣露出了怒容，他們也因為晨曦之刃的關係，在領地利益與人才方面受到不少損害。

「嗯……不愧是里希特侯爵，竟能在這麼短的時間裡掌握這麼多情報。」

看完資料後，札庫雷爾忍不住稱讚對方。

從莎碧娜前往撒謝爾城那天算起，到今天為止，時間才過了十五天而已，但監察院卻已經收集了這麼多情報，其效率之高，令人不得不佩服。

「您謬讚了，這些事都是監察院該做的。但接下來的事，光靠監察院的力量已經沒辦法了。」

里希特所指的，正是「確認女王生死」與「確認庫布里克公爵的晉升」這兩件頭等大事。無論是人員數量或人手素質，這都不是監察院能夠獨自解決的問題。

「我知道了，明天我會親自前往撒謝爾城。」

札庫雷爾點頭說道，但隨即遭到眾人反對。

「不行！如果承認了庫布里克公爵的晉升，只會更增長他們的氣焰！」

「那些立場原本搖擺不定的傢伙也會投靠過去，到時陛下歸來，要如何處理他們也是件麻煩事。」

「沒錯。可以想像的是，為了另立新王，他們會想盡辦法阻礙我們的搜索行動。最壞的情況是，他們會在半途設陷阱對付陛下。我們只要一日不確認庫布里克公爵的晉升，他們就一日沒有大義的名分。」

「盡量拖延時間，直到找到女王為止」——簡單說來，三位侯爵們就是打著這樣的算盤。

札庫雷爾雖然覺得這種作法太小家子氣，但以國家穩定為前提的話，這種作法也是不得已的。

「你覺得呢，亞爾卡斯公爵？」

札庫雷爾轉頭詢問亞爾卡斯。

不用「元帥」而是「公爵」，是因為這裡不是戰場，若是私下見面的場合，兩人倒是會用「元帥」互稱。

「這個嘛……我是覺得再怎麼拖延，該來的遲早會來。玩弄這種小手段，反而會讓人覺得你心虛了。不過這只是我個人的看法，要是大家一致決定這麼做的話，我也不會反對。」

札庫雷爾點了點頭，這番話正合他意。

然而三位侯爵依舊堅持己見，認為緩兵之計是必要的。就算會給人心虛的印象也無妨，只要莎碧娜平安歸來，那些質疑便會像夏日的冰雪般消失殆盡，不足為慮。

票數是三對二，而里希特則是一直保持沉默。雖然札庫雷爾與亞爾卡斯貴為公爵，但論及政治時，用爵位壓人並非明智之舉，何況侯爵們的建議也不算是愚策，因此兩人也就同意了。

接著眾人便針對如何搜索莎碧娜一事，開始了一連串的討論與安排。

這個議題足足耗費了一小時，最後札庫雷爾用他那令人安心的厚重聲音，宣布會議就此結束。

※◆※◆※◆※

會議結束後，眾人立刻離開黑曜宮。

這裡的主人畢竟是莎碧娜，雖然法律給了他們在此舉行會議的權利，但法律可沒有規定他們能擅自留下。

走出黑曜宮後，亞爾卡斯邀請札庫雷爾到自宅一敘。

以前亞爾卡斯從未發出類似的邀請，但札庫雷爾也當場同意了。

亞爾卡斯的房子並不大，與他的公爵身分極不相襯。一般說來，每個受封城市的實權貴族都會在首都置產，以便「參謁」時有地方可住，同時也會盡量將房子建造得雄偉華美。

這種炫耀財力的行為看似無謂，但卻是一種類似名片般的作法。比起身穿簡陋衣物的人，還是身穿華麗衣物的人更容易受到敬畏。

因此不遵循這種傳統的亞爾卡斯被視為貴族中的異類，但卻因此受到部下的敬愛，尤其是那些老是入不敷出的騎士階級。

「以前就聽說過亞爾卡斯元帥生性簡樸，今天一見，果然名不虛傳。」

見到亞爾卡斯那簡直跟低階貴族沒兩樣的房子之後，札庫雷爾點頭說道。從語氣中倒是聽不出諷刺的味道。

「過獎了，只是因為沒錢而已。大家不好意思嘲笑我這個公爵，只能想辦法幫我找個臺階下。」

亞爾卡斯笑著回答，一點也沒有羞愧的樣子。

「你太謙虛了。只要你有那個意思，想要多少金夸爾都不是問題。這間房子正是亞爾卡斯元帥人品高尚的證明。」

「也有人說是裝模作樣的證明呢。」

兩人一邊談笑，一邊走進客廳。

身材挺拔的老管家很快推來推車，為兩人送上亮銀色的茶具，琥珀色的溫熱液體注滿茶杯的那一刻，令人心情舒暢的香氣頓時滿溢室內。札庫雷爾深吸一口氣，然後出聲讚嘆。

「是香提葉嗎？如此濃郁的香氣我還是第一次遇到，想必是非常高級的珍品吧。」

香提葉是一種生存於高山上的茶葉品種，越是高峻的山峰，香味越是濃厚。

札庫雷爾出生名門，如今又貴為公爵，再怎麼珍稀的食物他都見識過，高峰香提葉自然也不例外，但亞爾卡斯端出來的東西遠遠凌駕了他所喝過的香提葉，就算說是用金夸爾也買不到的寶物亦不為過。

「哎，空騎元帥這個職位雖然辛苦，但總算還有一點福利。例如在演習途中經過高山，然後恰好發現不錯的香提葉之類的，這種幸運的偶然縱使不多見，但也發生過一、兩次。」

「能喝到如此珍品，這一趟沒有白來啊。」

「客氣了。房子已經很簡陋了，要是再用低劣的東西招待貴客，哪天我的外號就會變成『小氣元帥』了吧。」

兩人的應對非常符合一般人對於貴族的印象，應對既從容又不失禮。當然，這也因為雙方是初次拜訪的緣故。如果是關係很好的朋友，說話方式會更加輕鬆。

就在這時，札庫雷爾發現推車上準備了第三套茶具，於是好奇地開口詢問。

「除了我以外，你還邀請了其他客人嗎？」

「嗯？不，沒有邀請。只是，我想那傢伙可能會來，所以先做好準備。」

「那傢伙？」

「嗯，麥朗尼．里希特。」

「里希特侯爵……？」

札庫雷爾挑了挑眉毛。他原本就猜想亞爾卡斯不會突然無故邀請自己，現在看來，果然另有內情。

「我已經來了。」

突然，客廳裡響起一道不算陌生的聲音。

老管家驚訝地左右張望，札庫雷爾與亞爾卡斯則是同時看向旁邊的沙發。

一名男子不知何時坐在沙發上，雙手抱胸看著兩人。

（竟然靠得這麼近……）

札庫雷爾表面冷靜，心裡暗自吃驚。他早就知道里希特擅長「隱跡之型」，但沒想到竟然會高明到這種地步。

「我說啊，你的第一句話不該是這個吧？沒敲門就突然闖進別人家，難道不該先道歉嗎？」

「那可真對不起。」

里希特毫無誠意地道歉了。

亞爾卡斯一臉傷腦筋地撫了撫額頭，然後彈了一下手指。

一旁的老管家此時也冷靜下來，送上事先準備好的茶具。

當老管家為里希特倒完茶後，亞爾卡斯做了一個手勢，於是老管家躬身行禮，離開了客廳。

「嗯——難得陸戰元帥與監察院總長肯在百忙之中前來光臨陋舍，可能的話，我很想好好招待兩位，為兩位帶來一段有意義的時光。但很可惜，接下來我要說的話，可能會讓兩位的心情變糟，還請務必見諒。」

「你是指亞爾奈準備進攻我國的事情吧？」

由於對亞爾卡斯那冗長的開場白感到不耐，里希特直接揭開了真相。

此話一出，在場的兩位元帥立刻做出不同的反應。亞爾卡斯一臉「你這傢伙可真掃興」的表情，札庫雷爾則是微微瞪大了雙眼。

「這是真的嗎，亞爾卡斯元帥？」

雖然聽見了如此令人震撼的消息，但札庫雷爾並未露出慌張的醜態，而是轉頭向亞爾卡斯尋求確認。這種沉穩如山的氣度，正是他受到部下信賴的原因之一。

「啊啊，應該錯不了。邊境的空騎巡邏隊發現亞爾奈有集結軍隊的跡象，我也是昨天才收到消息的……該說真不愧是監察院嗎？連軍中的加密急報內容都打聽得到。話說究竟是誰洩密的啊？可以透露一下嗎？我得好好整頓一下風紀才行。」

「監察院的消息來源你不用多管。我只想知道，你為何不在剛才的會議上公布這份情報？」

里希特直直望著亞爾卡斯，紅褐色的雙眸閃爍著寒冷的光芒。他的目光銳利如劍，彷彿能夠刺入人心。

面對里希特的質問，亞爾卡斯露出微笑。

「我不說的原因，就跟你不當場揭穿我的原因是一樣的。」

「哦——？」

里希特的眼神變得更加尖銳。

「那麼，你覺得我那時為何不揭穿你呢？」

「……因為時間太巧了。」

回答里希特的人不是亞爾卡斯，而是札庫雷爾。他已經消化了情報，並且看穿隱藏於情報背後的陰影。

「流言的爆發、庫布里克公爵的行動、亞爾奈的反應，時間銜接得絲毫不差，簡直就像是按照劇本出場的演員。」

札庫雷爾露出冷笑。

庫布里克家族與敵國亞爾奈勾結——這就是陰影的真相。

先是以「女王身亡」製造恐慌，然後放出「老公爵晉升」的消息，營造出彷彿救世主降臨般的氣勢，接著上演「亞爾奈進攻」的重磅炸彈，讓貴族與民眾不得不抓緊名為魯爾·庫布里克的浮木，以免溺死於敵軍的汪洋中……這種絲毫不給人喘息餘地的手法，雖然斧鑿痕跡過於明顯，但有時候也非常有效。

先不論在場的札庫雷爾等三人，若是先前會議場中的那三位侯爵得知亞爾奈來犯的話，支持莎碧娜的立場很可能就此動搖。他們當然不會完全相信這只是巧合，但他們必須保護自己的利益。另外，他們也可能對老公爵的計畫之精密感到恐懼，失去與之對抗的勇氣。

「當然，因為兩位對陛下的忠誠無須質疑，所以我才會透露這個消息。但是這件事不可能隱瞞太久，所以我想請教兩位，接下來該如何應對？老實說，我煩惱了一整個晚上，但都想不出什麼好方法。」

亞爾卡斯很乾脆地承認自己束手無策。庫布里克公爵的突襲不僅犀利，而且一波接著一波，讓人找不到重整勢態的機會。

札庫雷爾也同樣陷入了思考的漩渦，但從他眉頭深鎖的模樣來看，要游出這個漩渦並不容易。

就在這時，里希特發出冷哼。

「計畫是不錯，但換個角度想，他這麼做也等於告訴了我們最重要的事——那就是陛下沒死。」

兩位元帥聞言先是一愣，然後會意似的同時點頭。

如果莎碧娜真的身亡，庫布里克公爵根本不需要玩弄這些手段。

就算拿不出莎碧娜的屍體，只要堂堂正正地揭示自己擁有王級魔法師的力量，皇冠遲早是他的東西。

換言之，庫布里克公爵這一連串媲美暴風雨的進攻，不正是他不僅沒有殺死莎碧娜，甚至無法掌握其行蹤的證明嗎？

恐怕庫布里克公爵的打算是：製造各種情況，迫使眾人儘快擁他為王，然後再利用國王的身分調動人手與資源，徹底解決莎碧娜。

「所以，關鍵在於陛下。只要能找到陛下，所有的問題都將迎刃而解。至於亞爾奈那邊……」

說到這裡，里希特遲疑了一下。

「只能想辦法將局面導向對峙狀態了。盡量拖延時間，直到我們找出陛下。」

「把局面導向對峙？」

亞爾卡斯聞言，不由得露出苦笑。

「這也要看對方派出什麼樣的戰力吧。如果只是伯爵級就算了，若來的是侯爵級，事情就會變得非常麻煩……要是連公爵級魔法師也跳出來，恐怕我們不支持那頭老狐狸也不行了。」

亞爾卡斯絕非失敗主義者，但也不是那種凡事只會往樂觀方面想的男人。雖然從那輕浮的外表很難看得出來，事實上他的思考方式相當現實與冷酷，這點從他明明身為公爵，卻不願強化家族勢力的行為中就可以看得出來。

亞爾卡斯能夠冷靜地看穿事物的本質，迅速擬定對策，然後用過人的膽識與決斷力將其付諸實施。他已經預測到未來的事態會如何演變，並且得出了苦澀的結論。一旦庫布里克公爵與亞爾奈全力施壓，他們這一邊沒有勝算。

「關於這點，我有一個計策。順利的話，應該可以為我方爭取一些時間。」

里希特說道。

亞爾卡斯無奈地搖了搖手。

「沒用沒用，拖延三、四天什麼的，根本不夠。」

「如果至少一個月的話呢？」

此話一出，兩位元帥同時挺起背脊，目光灼灼地瞪著監察總長。

「當真？」

「如果有一個月的話，搜索陛下的時間就很充分了。」

面對兩人那充滿期待的眼神，里希特點了點頭。

「可能性很高。不過，這個計策需要兩位全力配合。我今天會前來拜訪，也是為了這件事。」

「你這哪叫拜訪？根本是潛入……算了，是什麼計策？」

「那就是……」

於是，里希特開始說明他的策略。

在那之後，亞爾卡斯與札庫雷爾露出了錯愕的表情。

※◆※◆※◆※

「一旦亞爾奈開始進攻，躲在首都的那些人不支持我也不行了。」

伊莫．庫布里克一邊輕搖手中的玻璃杯，一邊說著有如預言般的話語。杯裡的果酒隨著他的動作來回搖晃，彷彿暗示著這個國家即將面臨的動盪未來。

伊莫．庫布里克今年已六十四歲，以傑洛人的平均壽命來看，屬於就算退休養老也不奇怪的年齡。

雖然容貌與肢體動作呈現老態，但他的精神卻健旺得如同二十歲的年輕人，這是因為籌謀已久的計畫終於踏出至關重要的一步，而且獲得了豐碩成果的緣故。

「伯爵閣下果然深謀遠慮，您的智慧無人可及。」

用諂媚般的聲音回應庫布里克伯爵的，是一名戴著黑色面具的老人。

面具老人的名字是巴魯希特，對外以商人身分示人，實際上他是一位魔導技師，那具瘦弱佝僂的身軀裡面，潛藏著令人驚嘆的魔導科技才華。

巴魯希特之所以戴著面具，是因為巴魯希特聲稱以前參與魔導實驗時發生事故，導致臉部受創。庫布里克伯爵曾命令巴魯希特在他面前脫下面具，至少臉孔有傷這點不是假的。

此時兩人正坐在撒謝爾城的城主府辦公室裡面。牆上的時鐘顯示現在是上午十一點，正值無可置疑的辦公時間。但身為一城之主，當然有偷懶的特權，無聊的瑣事自有低階文官處理。

何況庫布里克伯爵此時根本沒有處理政務的心情，他的全副精神已經放在「奪取王位」這樣的大事之上了。

這是一場以庫布里克家族之命運為籌碼的豪賭，饒是庫布里克伯爵的城府再深，也不免感到壓力。

過去他一直忍耐得很好，但在封印莎碧娜之後，長期累積下來的緊張感也跟著消失大半，讓他生出了找人一吐為快的欲望，好好地傾訴自己的辛苦、能力與成就。

遺憾的是，庫布里克伯爵身邊沒有那種值得託付一切的心腹。

說難聽點，他幹的是造反的勾當，是一個會將家族推入破滅深淵的事業。

他小心翼翼地處理自己的人際關係，也不讓他人過於接近自己，以免露出破綻，就連自己的妻子與孩子都不知道他的野心與計畫。

也正因如此，當他想要炫耀自己的功勛時，卻發現身邊沒有傾訴的對象。無奈之下，他只好找來巴魯希特，讓這位面具老人充當滿足自己虛榮心的道具。至少以忠誠心來說，巴魯希特是沒什麼問題的。

在地球，有著「國王的耳朵是驢耳朵」這樣的寓言故事，在酒精與興奮感作祟下，庫布里克伯爵盡情地對名為巴魯希特的地洞暢所欲言。

「說真的，非常辛苦啊！要說哪裡辛苦，從一開始就很辛苦了！當初決定扶持晨曦之刃真是一個錯誤，好不容易把它拿到手後，卻發現裡面全是廢物！為了整頓內部，我不知砸了多少錢、浪費了多少時間！」

「也只有伯爵閣下這樣的人，才能讓那個三流組織重獲新生。」

晨曦之刃最初只是一個打著反對莎碧娜統治為旗號，實際上卻是以騙取金錢為目標的詐欺組織。

具體的說，就是慫恿對體制不滿的人，然後利用花言巧語讓他們貢獻活動資金。這樣的組織當然不可能有什麼優秀人才，裡面只存在著擁有一點小聰明的騙子，以及受騙的笨蛋而已。

「家族裡面也全是一些不爭氣的傢伙，只會利用父親與我的光環，整天吃喝玩樂、混吃等死，根本派不上用場。就連我兒子也一樣，到現在還只是個子爵！結果什麼事都得我自己來，每件事都要親力親為。為了讓晨曦之刃壯大到現在這個地步，你知道我花了多少心血嗎？」

「這正證明了伯爵閣下的不凡吶。我正是看出伯爵閣下的器量與才華非同一般，才會前來投效的。」

庫布里克伯爵之所以沒有心腹，除了保密，更重要的原因是找不到足以擔任心腹的人才。

值得信賴的親人沒有能力，有能力的人卻無法信賴，於是他只好大權獨攬，每天都忙得團團轉。他經常以視察商會據點為名義，搭乘浮揚舟在雷莫各個大城市之間飛來飛去。

唯一值得慶幸的，大概就是晨曦之刃什麼都沒有，唯有舌粲蓮花的傢伙特別多這一點了。

庫布里克伯爵沒有把這些騙子統統趕走，而是讓他們發揮長才，勸誘下級貴族加入組織。如果勸誘的對象是魔法師，庫布里克伯爵就會親自出面，並且將自己偽裝成一個普通幹部。

「竟然有伯爵當幹部，這個組織的背景到底有多巨大啊！」——抱著類似的驚嘆而加入的魔法師不在少數，但這種方法最多只能用在伯爵級的對手身上，而且也不是每試必靈。

連同庫布里克伯爵在內，晨曦之刃共有三位伯爵，而這也是晨曦之刃擁有的最強戰力了。

「呼姆……當初克倫提爾城的失敗讓我嚇一大跳。為了轉移大家的注意力，只好臨時改變計畫，提前對銀霧魔女下手。沒想到真的成功了。」

「這表示伯爵閣下命中注定要成為雷莫之王，連運勢都站在您這邊吶。」

原本庫布里克伯爵的計畫，是以桃樂絲為契機，同時在數個城市引發叛亂，而亞爾奈也會在邊境做出進攻的假動作。

為了鎮壓叛亂與防備邊境，高階貴族與軍隊勢必得離開首都巴爾汀，然後他會趁機出兵，透過內應攻陷首都，集中力量解決莎碧娜。

但是沒想到克倫提爾城的叛亂發動得太早，而且也被鎮壓得太快，完全打亂了庫布里克伯爵的預定。如此一來，不僅雷莫諸城有了戒心，更讓莎碧娜決定認真對待晨曦之刃的威脅。

庫布里克伯爵知道自己很快就會被揪出來，因此不得不孤注一擲，以父親之死為誘餌，伏擊銀霧魔女。

伏擊雖然成功，但過程其實充滿了僥倖。

如果莎碧娜一開始就攻擊庫布里克伯爵的話呢？

如果莎碧娜不顧手下生死，以牽連他人也無妨的氣勢戰鬥的話呢？

如果莎碧娜沒有啟動魔操兵裝，直接用魔法對付庫布里克公爵的話呢？

以上情況無論發生哪一種，庫布里克伯爵都必死無疑。或許正如巴魯希特所說的，運勢站在他那邊吧？

庫布里克伯爵仰頭將杯中酒液一飲而盡，然後呼出一口長氣。

「老實說，你的加入讓我很高興，巴魯希特。計畫能進行到這個地步，全多虧了你的能力。」

「這、真是不敢當。」

「不不，你的魔導道具對我幫助很大。真實之謊也好、夜之戒也好，你發明的魔導道具大大提高了組織的隱密性與戰鬥力。尤其是偽命術跟大封印術，能順利打倒莎碧娜，全多虧這兩個東西。嗯，沒錯，你是最大的功臣。」

「功勞最大的應該是伯爵閣下才對。沒有您的指揮，再好的道具也跟廢物沒兩樣。在下不敢居功。」

對於巴魯希特的謙卑，庫布里克伯爵笑著點了點頭。明知道對方是奉承，他還是非常高興。

魔導科技天才巴魯希特，為庫布里克伯爵帶來了四項前所未有的技術。

真實之謊——能夠讓人在遭到靈威壓制的狀態下，意識依舊保持清醒的魔導道具。只要擁有這個道具，就不必擔心被敵人的靈威拷問出情報，甚至可以製造出絕地反擊的機會。

夜之戒——內建「隱密之型」的魔導道具，暗殺的利器。截至目前為止，還沒有任何一個國家能夠成功將「隱密之型」嵌入魔導道具之中，巴魯希特卻實現了這個技術。

偽命術——能夠在魔法師斷氣的那一瞬間，使其化為傀儡，並且強制晉升的紋陣系統，庫布里克公爵正是依靠這個技術而晉升。偽命術的出現，讓「一支絕對忠誠的魔法師軍隊」的構想成為可能。

大封印術——將莎碧娜禁錮於異次元的紋陣系統。這個封印紋陣的力量之強，連王級魔法師都無法抵抗。

這四項技術，無論哪一項都足以震動世界，偏偏全都在巴魯希特手中實現了，也難怪庫布里克伯爵會稱他為天才，並且燃起奪取雷莫王座的野心。

（不，不只是雷莫而已……運氣好的話，說不定自己還能一統傑洛四國，成為貨真價實的人類之王！）

想到這裡，庫布里克伯爵笑得更暢快了。

但庫布里克伯爵不會把這些話說出來，要是只顧著眺望天空，很容易被腳下的石頭絆倒，此乃愚者所為。

他眼前的第一要務，是先將雷莫徹底變成自己的東西，吞併他國什麼的，是在那之後才要考慮的事。

「巴魯希特啊，你的才能，恐怕就連魔王歐蘭茲也比不上吧。像你這樣的人才，卻一直沒有得到賞識，這全是銀霧魔女那女人的錯啊！她只會重用獻媚者，拋棄擁有才幹的人。我就是看不慣她這種作法，才會決定挺身而出，矯正這種扭曲的現象。」

「唯有您的仁慈與睿智，才能帶領雷莫走上正確的道路。」

「不過，我還是有點擔心吶，巴魯希特。」

「是的……？」

「銀霧魔女……沒有親眼見到那個女人的屍體，我實在無法安心。如果她破除了封印，問題可就大了。」

面對庫布里克伯爵的疑慮，巴魯希特用篤定的語氣將其否定。

「這點請您放心，那是絕對不可能的。」

「哦？」

「虛空封……大封印術的原理，在於逆流被封印者的魔力，然後用以結成封印的『鎖』，所以絕對沒有大封印術無法禁錮的敵人。換句話說，封印了銀霧魔女的人，其實是她自己。銀霧魔女是被自己的力量困住了。」

「唔嗯。」

「當然，因為是用敵人的力量禁錮敵人，所以敵人若在被封印的當下沒有使用全力，很容易就能脫困，這就是大封印術的缺點。所以屬下才要等到銀霧魔女動用魔操兵裝時，再啟動大封印術。唯有那個時候，銀霧魔女的力量才會達到自我極限，而封印之力也將提升到同樣的水準。」

「嗯嗯。」

「因此銀霧魔女想要脫困的話，只能從外面想辦法。換句話說，就是有人幫她解除封印。但有令尊在，又有誰能潛入此地，破除封印呢？」

「……這樣啊，那我就放心了。」

庫布里克伯爵對於魔導科技的了解並不深，剛才的說明也是聽得一知半解，但至少最後的結論他能聽懂。

在莎碧娜被封印的現在，庫布里克公爵便是雷莫唯一的王級魔法師，堪稱最強的存在。就算雷莫雙壁聯手，也贏不了現在的庫布里克公爵，莎碧娜是不可能脫困的。

「巴魯希特啊，感謝的話我就不多說了。在我坐上王位的那一天，也就是你立於所有貴族之上的時刻。」

「非常感謝，屬下不勝惶恐。」

「但是！」

庫布里克伯爵突然板起臉孔，同時散發出靈威，巴魯希特的身體違背了自我意志，不由自主地跪了下來。

「別背叛我，也別對我說謊，巴魯希特。我會賜予你一人之下、萬人之上的財富與榮耀，但你若是懷有二心，你的下場將會無比淒慘，甚至會後悔自己為什麼要生到世上！」

庫布里克伯爵厲聲說道。巴魯希特額頭觸地，以背部承受主上的喝斥，跪下的身體也瑟瑟發抖。

「不、不敢！屬下絕對不敢做那種事！」

「我也相信你不會。」

像是烏雲被陽光破開般，庫布里克伯爵收斂靈威，露出和煦的笑容。

「好了，回去休息吧，接下來還有很多事情要忙呢。那個誰……銀霧魔女的親衛隊隊長……叫什麼名字來著？他的證詞非常重要，是我們奪得大義名分的關鍵，要好好對待。」

「是、是。屬下一定會努力教導他，讓他知道什麼時候該說什麼樣的話。」

「辛苦你了，下去吧。」

巴魯希特深深行了一禮，然後腳步顫抖地離開了。

見到面具老人那膽怯敬畏的模樣，庫布里克伯爵感到非常滿意，他深信自己完美地把握了糖果與鞭子的尺度，讓這位魔導科技天才打從心底服從自己。

然而，庫布里克伯爵並不知道，巴魯希特剛才跪在地上時，面具之下其實掛著輕蔑的冷笑。

既然都已經開發出「真實之謊」這種東西了，巴魯希特又怎麼不會自己用呢？以庫布里克伯爵的聰明才智，不可能想不到這一點，但此時此刻，他卻完全忽略了這個可能。

這不是因為大意，也不是因為信賴，而是基於某種原因，使他深信「自己完全控制了巴魯希特」這件事。

就像巴魯希特操縱了女王親衛隊隊長哈里斯，使其說出虛偽的證詞一樣。庫布里克伯爵也在渾然不自知的情況下，受到了同樣的待遇。

※◆※◆※◆※

雷莫曆一四〇六年的始夏之月，堪稱充滿風暴的一月。

如果是有形的風暴，還可以試著躲入建築物尋求遮蔽，但若是吹入人心的無形風暴，唯有正面迎接一途。也只有在這種時候，人性的本質才會毫無掩飾地曝露出來。

流言的風暴籠罩了雷莫全境，同時也撲向了桃樂絲一黨。

「銀霧魔女被人暗殺了？」

一聽到這個消息，莫浩然的反應是——這是哪來的無聊玩笑？

他曾經與莎碧娜面對面接觸過，對於銀霧魔女那絕望性的靈威可是印象深刻。這世上竟然有暗殺得了那種怪物的人？

此時的莫浩然一行人正待在一座名叫奇岡的城市裡面。更正確的說，他們正待在奇岡城的某間餐廳之中。

他們在一個小時前抵達這座城市。找到投宿的旅館後，西格爾立刻為了處理補給一事跑得不見人影，其他人則決定先到餐廳飽餐一頓。

附帶一提，紅榴也跟著他們進入城裡。她披著斗篷，戴上兜帽，遮住耳朵與尾巴，然後裝作莫浩然的隨從，就這樣輕輕鬆鬆地混了進來。魔法師的特權就是這麼有威力，連最簡單的檢查都不需要。

就在莫浩然等人開始品嘗美味的料理時，其他客人的談話聲自然而然地流入了他們耳中。

仔細一聽，不只一桌而已，有數桌都在談論相同的事情。

「……傑諾，你覺得呢？」

「……謠言吧。那個女人，可不是那麼容易就殺得死的。」

連頭上的大法師也同樣不相信。關於莎碧娜有多強這件事，他大概是這世上最有資格評價的人之一了。

「呼嗨哈嗨。小桃桃，哈嗨哈嗨。女王，嘶卡嘶卡，指的是，卡滋，莎碧娜吸溜，艾默哈坦嗎？唰嚕唰嚕——」

「……麻煩妳把東西吞下去再說話，謝謝。」

彷彿不願浪費吃東西的時間般，紅榴在發問之餘，不忘掃蕩桌上的料理。吃剩的空盤子以一分鐘一個的穩定速度在增加，已經疊得快要比人還高了。

那麼小的身體，究竟是如何塞下那麼多食物的呢？這真是一個無解的謎。

相較之下，零與伊蒂絲就正常多了。一個正專心地挑戰將蛋糕切割成十六等分，一個則是邊喝飲料邊看小說，若是忽略掉本身所具備的危險性，這兩人還真像放學後跑到咖啡店打發時間的女子高中生。

「小桃桃，他們說的那個女王，是指莎碧娜·艾默哈坦嗎？」

於是紅榴在吞下嘴中的食物後，又把問題重複了一遍。

「對。怎麼了？」

「被暗殺了啊，真可憐。聽說她是東區最強的魔法師，強得跟怪物一樣，本來想說有機會的話，要看看她到底長得多可怕呢。」

妳只要把對面那位少女的面具摘下來就知道了……莫浩然忍住了吐槽的念頭。話說回來，「強得跟怪物一樣」與「長得很可怕」能劃上等號嗎？這些獸人的想法實在讓人搞不懂。

「這樣啊，我不知道獸人的審美觀是怎樣啦，但如果以人類的角度來看，她算是大美人。」

「你見過她嗎？」

「嗯啊，見過。」

「唔嗯，獸人跟人類的審美觀其實沒有差很多……不過，小桃桃覺得莎碧娜．艾默哈坦是美人啊……也就是說，她的臉蛋是小桃桃喜歡的那一型？」

「咦？不，那個，我是從客觀的角度……」

「哼哼，客觀的角度？長得漂不漂亮這種事，是不可能絕對客觀的。」

伊蒂絲突然說話了。

從這種充滿攻擊性的態度來看，此時是紅色人格。

「人心是最不可靠的一種東西了。喜歡一個人，就會美化對方的一切，其中包括長相；討厭一個人，就會醜化對方的所有，其中包括外表。會覺得莎碧娜漂亮，就代表你對她抱有好感！」

伊蒂絲像是推理漫畫裡面的名偵探一樣，氣勢洶洶地用手指著莫浩然。

仔細一看，她手中那本小說名叫《隨便偵探——寶石海灘殺人事件？今天也要隨便地破案！》。

「靠夭！這什麼白痴邏輯！為什麼我要對那個大魔王有好感啊！」

「呼……解釋得再多，也無法掩飾你的心虛。我這雙能夠洞察人世汙穢的慧眼，已經徹底看穿你了。」

「去給我把眼睛洗一洗。我對莎碧娜可是——」

說到這裡，莫浩然的聲音戛然中止。

他察覺到一股尖銳的視線。

坐在旁邊的零不知何時擱置了分割蛋糕的大業，直直瞪著莫浩然不放。

如果在這裡說討厭莎碧娜，或是說莎碧娜的壞話，這位絕對忠誠於莎碧娜的鬼面少女會有什麼反應？該不會當場拔劍砍過來吧？想到這裡，莫浩然不敢再講下去。

「是怎樣？小桃桃？幹嘛說到一半就不說了？」

「莎碧娜啊……竟然直呼名字耶……到底有多愛慕那個人啊？該不會連枕頭都印上對方的畫像，每天晚上都抱著它滾來滾去吧？」

不了解莫浩然苦衷的紅榴與伊蒂絲步步進逼。

另外，枕頭印上畫像是怎麼回事？難道異世界也存在與地球現代社會酷似的神秘文化嗎？

「咳，那個，總之，那不重要。」

莫浩然希望這個話題能到此為止，遺憾的是，紅榴與伊蒂絲顯然不肯放過他。

「不，很重要哦。我想知道小桃桃喜歡的類型，好確定貞操有沒有危險。」

「沒錯。據說男人都是充滿獸欲的動物，隨時隨地都會發情。雖然不知道變態會不會也是這樣子，但還是有確認的必要。」

「沒有確認的必要！絕對不會有危險的！還有妳說誰是變態啊！」

「竟然否定得這麼快？稍微受到打擊了喵！」

「很可疑喲，是心虛的關係？」

明明平時水火不容的兩人，竟然在這種時候放下嫌隙，像是建立了牢不可破的聯合戰線。

就在莫浩然即將敗北之際，一名男子匆匆忙忙地跑進餐廳，然後衝到眾人的桌前。

「桃……不，大、大人！事情不好了！」

這名男子正是西格爾。

「怎麼了？這麼慌張。」

莫浩然一邊心想「得救了」，一邊詢問旅行商人。

「是、是的……呼哈……因為……呼呼……打聽到很不妙的秘密消息……」

因為先前全力奔跑的關係，西格爾邊喘氣邊回答。

「什麼消息？」

「是，那就是——」

西格爾壓低聲音，表情非常嚴肅。感受到旅行商人那認真的態度，莫浩然不禁挺直背脊，同樣露出嚴肅的表情。

「女王陛下被暗殺了。」

「……」

莫浩然無言地看著西格爾。

從西格爾口中，莫浩然得知了雷莫的近況。

莎碧娜被暗殺、庫布里克公爵奇蹟般的晉升、雷莫的東西分裂危機、亞爾奈在邊境蠢蠢欲動……

一連串令人目不暇給的巨大變化，使得人心惶惶不安。

這個國家究竟會變成什麼樣子呢？自己的命運又會變成什麼樣子？未來的道路該如何選擇？上至貴族，下至平民，每個人都在煩惱這些問題。

「……太荒謬了。」

聽完西格爾打聽來的情報後，傑諾發表了簡短的感想。

「會嗎？既然那個女魔王死了，事情會變成這樣也是很自然的吧。」

「不對，從前提開始就錯了。莎碧娜不可能被庫布里克公爵打倒，就算庫布里克公爵晉升王級也一樣。」

「嗯？她不是被亞爾奈刺客殺死的嗎？」

「怎麼可能。先別說亞爾奈刺客有沒有這個能耐了，光從流言的擴散速度與局面的變化，就可以知道這一切都是庫布里克公爵搞的鬼。」

傑諾一下子就看穿事情的真相。

「另外，就算庫布里克公爵那傢伙與亞爾奈聯手，也不可能殺得了莎碧娜。要打倒王級魔法師，要有犧牲兩、三個城市的覺悟才行。我看，莎碧娜八成是逃出了他們的伏擊，結果卻在荒野裡面迷路了吧。那女人意外的缺乏方向感，要是沒人帶路，說不定會用天翔之型一路飛到國外去呢。」

傑諾也跟亞爾卡斯等人一樣，做出了莎碧娜不可能被殺死的結論，順便爆出了銀霧魔女原來是個路痴的猛料。

「這樣啊……我知道了。喂，零，不用擔心哦，我想女魔……不，我是說莎碧娜應該沒事。」

聽完傑諾的分析，莫浩然立刻轉述給一旁的零聽。

從西格爾口中知道了事情的始末後，零雖然一句話也不說，周身卻不斷散發出可怕的氣氛，就像她所戴的面具一樣，給人一種如同惡鬼般的感覺。就連最喜歡的甜食也沒碰，就這樣一直坐在那裡，彷彿隨時會爆發的活火山。直到聽完莫浩然的說明，那股鬼氣才跟著減緩了一些。

「原來如此，不愧是大人，這麼快就看穿了一切。」

西格爾同樣一臉佩服地猛點頭。

至於紅榴與伊蒂絲則是對這個話題完全沒興趣，一個繼續埋頭猛吃，一個繼續低頭看小說。

「反正這些不是我們能插手的事情，把心思放回原來的目標吧。西格爾，補給沒問題嗎？」

「是的。明天就可以全部準備好。」

「哦，辛苦了。」

「哪裡。這是小人應該做的。」

莫浩然也習慣指使西格爾了。雖然一開始對於命令年長者一事覺得有些彆扭，但是因為西格爾很有身為下屬的自覺——非常聽話，所以莫浩然也對下達指令一事漸漸變得熟練。

隨著時間的經過，莫浩然越來越覺得接納西格爾實在是一件明智的決定。

這位青年商人門路多、人脈廣、頭腦靈活、工作能力也強，感覺幾乎沒有他辦不到的事。

「另外，因為這裡已經很接近亡者之檻了，物價比較高，關於資金部分有點……」

「嗯？哦，還差多少？」

「如果有三枚，不，兩枚銀夸爾的話，我想就足夠了。」

「兩枚嗎……給你。」

「感激不盡。」

西格爾高興地收下莫浩然遞過來的錢袋，然而，交出錢袋的那一方心情就沒有那麼好了。因為這陣子沒有去魔協賺錢的關係，再加上此地物價高漲，莫浩然的儲備資金已經急速減少。

不過這也是沒辦法的事，畢竟亡者之檻近在眼前。

亡者之檻是被詛咒的土地，環境險惡，魔力濃郁，強大的怪物比比皆是。亡者之檻外圍的怪物至少也是六級，據說最深處甚至有九級——戰力足以媲美王級魔法師——的怪物存在。

在這種情況下，物資流通自然沒有那麼容易，物價高漲也就成為必然之事。再這樣下去，恐怕到下一個城市就得變賣東西了。那麼，要不要在這裡先賺點錢呢？莫浩然開始考慮這樣的事。

「西格爾，下一座城是最後的補給點了吧？」

「是的。是名叫席爾瑞思的城市。」

「那邊的物價更高吧？」

「沒錯。糧食的價格還算平穩，但其他東西就很不便宜了。小人去過幾次，所以非常確定。」

「這樣啊……」

莫浩然決定還是先在這座城市賺點資金再說。

「那麼小人先離開去付訂金了。抱歉，為了這點小事打擾您用餐，因為這裡的賣家很囉嗦。」

西格爾行了一禮，然後快步走出餐廳。

見到青年商人勤快的模樣，莫浩然越來越能體會那些老大為什麼要收小弟了。能把麻煩的雜事全部扔出去，是一件令人心情愉快的事情。

西格爾離開後，一行人繼續在餐廳大吃特吃。餐廳裡面的客人一個接一個離開，最後只剩下他們這一桌。

紅榴的食欲依舊沒有被填滿的跡象，零點了她的第二個蛋糕，伊蒂絲則是繼續沉浸於書中。

因為吃飽的關係，莫浩然有些昏昏欲睡。就在這時，傑諾突然說話了。

「老實說，我有一個不太妙的想法。」

「嗯？」

「我想，庫布里克公爵與晨曦之刃之間應該存在某種程度的聯繫。」

「咦？你怎麼知道的？」

「沒有明確的證據。不過時機太巧了，巧得讓人不得不懷疑他們彼此勾結。先前的城市叛亂才結束沒多少，現在又冒出暗殺女王的事件。你不覺得可疑嗎？」

「是有一點……不過也可能只是偶然不是嗎？如果只是因為發生的時間相近就覺得兩邊有關聯，這世上可疑的事會多到數不完。」

對事物進行有限的觀察，然後將結論視為普遍化的結果，這是歸納法常見的謬誤。像這種「因為A事件在早上發生」，「B事件也在早上發生」，所以認為「兩個事件有關聯」的推理方式，實在缺乏說服力。

「不，你誤會了。我要強調的不是這個推論的正確性，而是有人不想看到這個推論會實現的可能性。」

「……什麼意思？」

「也就是說，或許有人會擔心庫布里克公爵與晨曦之刃真的有關係，因此決定搶先出手，打倒其中一方。在這種情況下，最先被盯上的會是哪一邊？我想應該是看起來比較弱的晨曦之刃。」

「可能吧，那又怎樣？」

「你還不懂嗎？現在大家都認為『桃樂絲』投靠了晨曦之刃哦。」

「啊……」

莫浩然的睡意頓時不翼而飛。

「所以那些反對庫布里克公爵的人，可能會先從晨曦之刃下手，削減庫布里克公爵的實力。換句話說，你也是他們要消滅……不，應該是非消滅不可的對象，畢竟你手中有魔王寶藏嘛，也算是晨曦之刃的招牌人物了。」

「招牌個頭！干我屁事啊！」

莫浩然忍不住喊出聲音，零等人紛紛抬頭，疑惑地看著他。

然後——

「人家可不會管你怎麼想。那麼，做好準備了嗎？」

「你是要我準備什麼啊！」

「當然是準備戰鬥。你還沒發現嗎？為什麼餐廳裡突然沒有人，連服務生都不見了？」

「咦？」

零、紅榴、伊蒂絲猛然轉頭，看著餐廳入口。

在那裡，不知何時站著兩個人。

砂色頭髮的鋼鐵獵犬。

以及，金髮的空騎元帥。

※◆※◆※◆※

雷莫有一個特殊的救濟制度，名叫「上議請願」。

若是平民遭遇某種巨大的災害或危險，來不及向監察院或政府機關報備時，這位平民可以前往貴族處求救，而貴族可自行決定是否出手援助。一旦貴族接受了平民的請託，「上議請願」便當場成立。這是為了避免貴族胡作非為，使國家基礎經濟遭到破壞的緊急防治手段。

吟遊詩人偶爾會講述某個正義貴族挺身而出，從壞心官吏手中拯救弱者、懲奸除惡的爽快故事，這類故事的原型正是「上議請願」。

「上議請願」在貴族與貴族之間亦可成立，簡單說來，就是低階貴族向高階貴族請求救助。

但貴族們通常會私下處理這些事情，化為利益交換或派系鬥爭的形式，因此貴族之間的上議請願極少發生。

若真有提出「上議請願」的貴族，那位貴族可是會被瞧不起的。因為這正好證明了這位貴族的人脈與能力都不怎麼樣，才會被迫曝露自己的醜態。

越是高階的貴族，與上議請願越是無緣。

根據這種不成文的默契，被人戲稱「貴族多如狗」的首都巴爾汀，從未出現過貴族級的上議請願。

然而這個紀錄，在雷莫曆一四〇六年始夏之月十四日被打破了。

這一天，黑曜宮迎接了自落成以來的第一批上議請願的貴族。

是的，不是「第一位」，而是「第一批」。

以法魯斯伯爵為首的四十七位貴族，一大早就站在黑曜宮大門前面，聯名遞出了上議請願的要求。

黑曜宮的主人是雷莫國王，至於管理者的職務，則通常交由大秘書官負責。

現任的雷莫大秘書官是帕爾特子爵，當他聽見部下的報告時，整個人都嚇傻了。

帕爾特子爵年近五十，其人不僅在人品方面受到高度評價，並且擁有優秀的事務處理能力。

然而這位中年貴族欠缺決斷力，對於突發狀況的應變極差，面對這場不僅是首都巴爾汀，甚至可以說是雷莫史上第一次出現的貴族聯名上議請願之申請，他的作法是命令部下關緊大門。

被擋在門外的貴族們並未就此散去，反而就這樣堵住了大門。他們沒有喧鬧或咒罵，只是站在原地等待。

這奇特的光景，不用多久就會傳遍首都。很快的，所有人都知道有一群貴族正在申請「上議請願」。

但，這群貴族沒有被嘲笑。

原因在於他們的請願內容。

「請立刻派人確認庫布里克公爵的晉升。」——這便是他們的要求。

「法魯斯大人，這樣真的沒問題嗎？」

一名男子站在法魯斯身後輕聲問道，年輕的臉龐掛著無法掩飾的憂慮。

「當然。」

法魯斯頭也不回地說道，聲音中充滿了不容質疑的力道。

此時的法魯斯正站在眾人最前方，雙手交叉於胸前，站姿筆挺，看起來威風凜凜。

至於法魯斯身後的貴族們，則按照爵位高低排成了三行列隊。

「……可是，我們已經等了一小時。」

年輕男子猶豫了一會兒，然後再次發問。

這名男子看起來才二十出頭，但能夠站在法魯斯後面，代表此人已是子爵。二十來歲的子爵，無論從哪個角度來看都算得上優秀。

法魯斯雖然對年輕男子的膽小感到厭煩，但對方是擁有潛力、值得投資的人才，因此他按捺住心中的不耐，用溫和的語氣開口解釋。

「這種情況我們早就預料到了，不是嗎？黑曜宮開不開門不重要，重要的是把兩位公爵逼出來，哪怕必須站上三天三夜也一樣。雖然這麼做對他們有些抱歉，但這也是不得已的。我們等得越久，他們在道理上越站不住腳。放心，大義站在我們這邊。」

「是，我知道……不過……法魯斯大人就算了，像我們這樣的低階貴族……」

年輕的子爵欲言又止。他擔心的是，兩位公爵根本不屑理會這種施壓，打算讓他們真的站上三天三夜。

法魯斯覺得自己的耐心已經用光了。他轉頭想要斥責對方，結果發現其他人也跟年輕子爵一樣，臉上帶著不同程度的憂慮神色，這讓他忍不住嘆了一口氣。

（難怪會是無城者……不管是腦袋、眼光或膽量都不行吶……）

眼前這群貴族有的年輕氣盛，有的思慮不足，有的被投機心理所驅使，因此一受到法魯斯煽動，便迫不及待地衝到最前面，聯名申請上議請願。然而，此時他們終於冷靜下來，發現自己的立場似乎不太妙。

看來得透露一點東西，好讓這群傢伙安心才行，法魯斯心想。要是他們輸給了心中的不安而解散，這場上議請願就真的會變成笑話了。

「放心。這場行動，背後有侯爵們的默許。否則你們以為只是伯爵的我，怎麼敢做出這種逼迫公爵的壯舉？」

貴族們紛紛發出倒吸一口氣的聲音。

「侯爵們……？」

「意思是，不只一位？難道，那三位全都……？」

貴族們一臉不敢置信，接著恍然大悟，最後轉為興奮。法魯斯見到他們的表情，知道自己完全掌控住這群人了。

（……沒錯，這場上議請願沒有那麼單純哦，蠢蛋們。）

看著這群什麼都不知道的傢伙，法魯斯在心中嘲笑他們。

就在兩天前，亞爾奈在邊境集結兵力一事已經被確認了。

當這個消息傳到首都時，原本因女王之死的流言而低迷的氛圍，似乎也變得更加沉重了一些。

「亞爾奈刺殺了女王，現在準備大舉進攻了！」

「現在不是追求形式的時候了，我們必須找出新的王！」

「沒有王的雷莫根本抵擋不了亞爾奈的侵略，我們全都會變成奴隸！」

諸如此類的言論在大街小巷不斷傳播，「擁立新王」的呼聲越來越高。然而這類聲音僅在低階貴族與平民之間流傳，高階貴族依舊不動如山。

法魯斯很清楚這些高階貴族在想什麼，組織上級已經把這種可能性告訴他了，同時也交代他該如何應對，而具體的形式，就是這場上議請願。

昨天晚上，法魯斯便將今天會發動上議請願的事情，以及請願的內容，以書信的形式遞交給侯爵們。

這封書信並沒有遞交給兩位公爵，亞爾卡斯與札庫雷爾是堅定的女王派，在沒有親眼見到莎碧娜的屍體前，絕對不會支持擁立新王。為了避免麻煩，大名鼎鼎的雷莫雙壁竟然躲了起來，徹底消失於人前。

但，侯爵們就不一樣了。

除了素有「魔女忠犬」之名的里希特外，其他三位侯爵的領地都位於雷莫西側。一旦亞爾奈大舉進攻，最先遭殃的就是他們。法魯斯的書信並未得到回應，但法魯斯從侯爵們的沉默中讀出了他們的真實心意。

這場上議請願的主要目的，就是逼迫兩位公爵出面，承認庫布里克公爵的晉升。

他們的請願不是為了私利，而是為了拯救國家，完全站在大義這一邊，沒有任何人可以指責他們。

如今再加上侯爵們的默許，就算雷莫雙壁再怎麼目中無人，也不得不正視他們的存在，一旦他們出面，就非得去確認庫布里克公爵的晉升不可了。

（全都在庫布里克公爵……不，是庫布里克王的計畫之中。）

法魯斯對於這種一切情勢全部操之在我的情況感到相當愉快，因此嘴角忍不住微微上揚。

回想起來，自己確實有先見之明。早在當初庫布里克伯爵前來邀請自己加入晨曦之刃時，他就有預感會遇上這麼一天了，只是沒想到來得這麼快而已。

（好了，亞爾卡斯、札庫雷爾，你們會怎麼做呢？拖得越久，對你們的形象越是不利。等到亞爾奈開始進攻，你們就會成為雷莫的罪人了哦。）

法魯斯滿懷惡意的想著。他的目標是公爵，四周的人也篤信他遲早會爬到那個高度，因此對於雷莫雙壁並不敬畏，而是視為必須踩在腳下的對象。

正當法魯斯思索著這些事的時候，眼前的黑曜宮突然有了動靜。

「……嗯？」

不只是法魯斯，其他的貴族們也停止交談，目不轉睛地盯著突如其來的變化。

伴隨著金屬摩擦的刺耳喀吱聲，緊閉的大門緩緩打開了。

一名中年男子站在敞開的大門之後，此人正是大秘書官帕爾特子爵。雖然掩飾得很好，但法魯斯看得出來，他的表情深處仍然殘留著緊張的微粒子。

「請跟我過來，札庫雷爾公爵將對諸位的請願做出回應。」

法魯斯還沒開口，帕爾特子爵便搶先說道，然後轉身就走。看來是打著徹底置身於事外的方針，將自己定位成一個聽命行事的小角色。

（贏了……！）

法魯斯在欣喜之餘，也暗暗鬆了一口氣。

事實上，法魯斯最擔心的就是帕爾特的行動。

就算位階僅有子爵，但好歹也是掛著大秘書官頭銜的男人。只要有那個意思，帕爾特有充分的理由與能力破壞這場請願行動，例如以女王不在，守護黑曜宮安全為名，請求軍隊將他們趕走。

幸好這個男人不想承擔責任，主動放棄了手中的權力之劍。

就這樣，法魯斯一行人在帕爾特的帶領下，堂堂正正地進入了黑曜宮。

後面的貴族也開始竊竊私語，對於能夠進入雷莫最高權力中樞一事興奮不已。以他們的地位，正常說來是不可能踏入王宮的。法魯斯甚至聽到「就算請願失敗，這次也值得了」的這種喪氣話，於是他在心中打定主意，回頭要給說這句話的白痴一點教訓。

眾人穿過花團錦簇的外庭，抵達了雄偉的黑寶石宮殿。

宮殿大廳同樣富麗堂皇，在精美的壁畫、浮雕與器具的襯托下，充滿了莊嚴肅穆的氣氛。

貴族們不由自主地放輕呼吸，彷彿只要發出多餘的聲音，哪怕只是一點點，也會褻瀆這個偉大的場所似的。

札庫雷爾就站在宮殿大廳最深處的樓梯前方。

見到那雄壯的身影，眾人的呼吸因為緊張變得更加緩慢。有人「咕嘟」一聲吞著口水，有人額頭流下冷汗。

沒有人開口，也不敢開口。

眼前的男人——赫伯特．札庫雷爾——就是具備了這樣的魄力。哪怕他什麼都不做，只是站在那裡而已，就能讓人產生喉嚨被緊緊扼住的錯覺。

身為眾人首領的法魯斯也被對方的氣勢所懾，一時間說不出話來。

「汝等，為何而來？」

札庫雷爾以宏亮的聲音問道。開口的瞬間，靈威有如海嘯般湧來，席捲整個大廳。

札庫雷爾並未全力釋放靈威，但即使如此，也不是低階貴族能夠承受的。面對有如高山壓落般的靈威，除了法魯斯以外，其他人全都臉色發白，當場跪倒。

不過，法魯斯卻因為這樣而取回了冷靜。

帶著「真實之謊」的他，即使遭到靈威壓制，也不會被剝奪思考能力，因此他一下子就察覺到札庫雷爾的計謀。

（原來如此。用靈威嚇住我們，然後將我們趕出去嗎……也就是說，叫侯爵們有種就站出來跟他談，別拿小角色敷衍他……是這樣的意思嗎？哼，完全被看扁了啊……）

用靈威壓制來封殺討厭的意見，這種作法雖然蠻橫，但卻非常有效。畢竟在這個魔力至上的世界，實力就是一切。

（但，這次你可要失算了！）

法魯斯深吸一口氣，然後躬身行禮。

「以無所不在的至高魔力祝福您，札庫雷爾公爵。在下傑米．法魯斯，忝任伯爵之位，根據雷莫法典所賦予的權利，以及身後總計四十六名貴族的授權，聯名向您提出上議請願。」

「哦？」

札庫雷爾微微提高了聲音，似乎沒想到在自己的靈威壓制下，竟然還有人能夠流利地表達意見。

「法魯斯伯爵嗎？我知道你這個人。年紀雖輕，但潛力無限，這句話似乎不是誇張的傳聞嘛。」

「過獎了。比起身為國家支柱的雷莫雙璧，在下這點微末成就算不了什麼。」

「懂得謙虛是好事。過於自信的人，通常也是跌得最慘的人。不過，你剛剛說要向我提出上議請願？你們提出請願的對象應該是這座黑曜宮的主人吧？否則沒有站在這裡的必要。」

「話雖如此，但目前這座黑曜宮屬於無主狀態。我等正是對此狀況憂心不已，才會向您請願。」

「哼。『無主』？法魯斯啊，難道你也相信陛下已死這種大不敬的荒謬言論？」

札庫雷爾的聲音變得低沉，散發的靈威也跟著增強了。受到靈威的影響，低階貴族們紛紛露出了痛苦的表情，就連法魯斯也滿臉冷汗、渾身顫抖。

（混蛋，想硬把我們趕走嗎？不過，只要我有這個魔導道具……）

法魯斯拚命不讓自己的膝蓋落下，用沙啞的聲音大聲呼喊。

「並非如此！在下當然不會相信那種毫無證據的謠言！只是，現在有比那個更重要的事！我雷莫的宿敵，萬惡的亞爾奈，已經準備進攻邊境了！在這種時候，我們不是應該放下嫌隙，攜手對抗外敵嗎？在下懇請札庫雷爾公爵立刻前去確認庫布里克公爵的晉升！在女王陛下尚未歸來前，身為臣子的我們，有義務保護這個國家！」

「真實之謊」的保護只針對意識，而非肉體，但是也正因如此，說出來的謊言才夠逼真。

低階貴族們對著就算面對靈威壓制，依舊凜然說出自身主張的法魯斯，投以無比欽佩的視線。

（如何啊，札庫雷爾？還要繼續嗎？我已經把話說出來了喲！）

看到札庫雷爾一副說不出話來的樣子，法魯斯感到一陣快意。

若是法魯斯一行人還沒陳述主張前，就被札庫雷爾的靈威嚇得逃走，那他們今天的行動就只是一場笑話。

但在陳述主張後，雙方的立場就會完全逆轉。要是札庫雷爾在這種情況下把他們趕走，反而會把至今仍維持中立的派系全部趕到庫布里克公爵那邊去。

法魯斯覺得自己彷彿可以聽見象徵勝利的鐘聲。

就在今天，他將變成雷莫家喻戶曉的人物，也將變成人人景仰的英雄。因為他不畏強權，直言敢諫，為眾人揭示了迴避危機的道路！他的身價將會翻倍，搞不好還能藉此建立屬於自己的派閥，成為雷莫的政治主角之一！

「……你們的主張，我已經知道了。」

札庫雷爾點了點頭，語氣聽起來有些遺憾。聽在法魯斯耳中，這句話就跟投降宣言沒兩樣。

法魯斯忍不住想要握緊拳頭大喊勝利。

然而，札庫雷爾下一句話卻推翻了他的期待。

「不過，那是無謂的主張。你說黑曜宮目前無主？那麼，你就在它的主人面前，大聲說出請願的內容吧！」

「咦？」

只見札庫雷爾突然轉身，然後單膝下跪。

然後，所有人都看見了。

位於二樓的高臺，一道身影從黑暗處緩緩走出。

法魯斯屏住了呼吸，難以置信地看著那道身影。在他身後的低階貴族，也同樣張大了嘴巴，滿臉驚駭地注視著那道身影。

豔麗的容貌——

漆黑的華服——

「銀霧魔女」莎碧娜．艾默哈坦，就站在那裡。

偽裝日 02
幻影女王

雷莫大秘書官帕爾特的一天，從早晨一杯濃濃的咖啡開始。

苦澀的咖啡可以驅趕殘留在腦中的睡意，再配上加了蜂蜜的甜餡餅，這就是他一整個上午的精力來源。

以貴族來說，這樣的餐點稍嫌簡陋，但這是他年輕時養成的習慣。為了出人頭地而放棄享受的時間，其回報，就是現在所擁有的職位。

帕爾特雖是貴族，卻是屬於無城者陣營的貴族。這種貴族沒有封地，只有頭銜，必須幫其他高階貴族工作才有收入。然而無城者貴族的數量實在太多了，要是不夠努力，也只能得到一份糟糕的工作。

至於那種靠著欺壓平民獲取金錢的傢伙，最後不是被監察院捉走，就是不小心惹到更有地位的貴族，總之下場不會太好。

一杯咖啡、一塊餡餅，這就是帕爾特的早餐，數十年來從未改變。不過今天的帕爾特破例多要了一塊餡餅。

他的老妻子見狀，一臉稀奇地看著他。

「哎呀哎呀，今天是怎麼了，心情這麼好？」

「嗯？看得出來嗎？」

「你的心情跟食欲是掛鉤的。跟你在一起三十年了，怎麼可能看不出來。」

「這樣啊……因為令人胃痛的原因不見了，心情當然也跟著變好了。」

帕爾特點了點頭，然後帶著微笑說道。

帕爾特的妻子聞言不由得掩住嘴巴，帕爾特最近胃痛的根源是什麼，這一點她當然知道。

「那麼，陛下果然還活著？」

「嗯。昨天回來的。突然跟兩位公爵一起出現，我也嚇了一跳。」

帕爾特說完，舉起杯子輕啜一口咖啡。芳香的苦澀迅速淹沒口舌，他在享受這股絕妙的滋味之餘，不自覺地想到了昨天發生在宮殿大廳裡的事。然後，臉上的微笑忍不住加深了。

昨天法魯斯帶著一群低階貴族堵住黑曜宮大門的時候，帕爾特可是慌張得不知如何是好。他精通行政工作，也熟悉各種既有的事務處理方式，但卻不擅長毫無前例可尋的突發狀況。

在地球，像他這樣的人就是俗稱的精英官僚，無法獨當一面，卻是組織運轉時不可或缺的重要齒輪。

帕爾特很清楚自己的優點與缺點，因此長年以來一直兢兢業業地工作著，不該想的、不該說的、不該聽的、不該做的，他全都不想、不說、不聽、不做。靠著勤奮與資歷，帕爾特好不容易才爬上大秘書官的位子，結果因為法魯斯的關係，讓他醜態畢露。

（活該啊，法魯斯，你已經變成大家的笑柄了。）

一想到昨天女王陛下現身時，法魯斯那臉色鐵青的模樣，帕爾特差點當場笑出來。這種絕境逆轉的爽快感，實在是太美好了。

「那麼，昨天的情況到底是怎樣呢？巴蘭夫人她們昨天晚上突然寄了茶會請帖來邀請我。」

「哦，果然變成這樣了……」

因為帕爾特擔任大秘書官的關係，他的妻子變成了貴婦人舉辦下午茶會時必邀的客人。想來這些貴婦人是受到丈夫的唆使，想從他這邊打探第一手消息吧？這正是報復法魯斯的好機會。

懷抱著陰暗的感情，帕爾特笑著對妻子訴說昨天的事情。

「……於是，陛下就這樣突然出現了。法魯斯那群人完全呆住了，嘴巴張到足以塞下雞蛋。然後陛下說：『你們還想繼續待在這裡嗎？』只是這麼一句話，就把他們嚇得跪地求饒。」

「哎呀哎呀，然後呢？」

「陛下懶得再理他們，直接轉身走掉了。」

「哎呀哎呀，這真是……」

聽到這裡，妻子忍不住捂嘴。

「陛下是個非常理性的人，以前就算遇到再怎麼令人憤怒的事，也能冷靜處理。昨天卻連一句場面話也不肯說，完全不給他們臺階下，可見陛下對這群人有多不滿了。我看，他們很快就會有大麻煩。」

應該說，我期待他們會有大麻煩……帕爾特把這句話藏在心裡沒說出來。

「真是可惜呀。法魯斯伯爵明明那麼年輕，還有大好的未來等著他，為什麼要做這種事呢……」

「法魯斯年紀輕輕就成為伯爵，自然會有些目中無人。對自己的才能與判斷太過自信，所以才會做出這種魯莽的愚行，這種自以為是的人其實很多。事實上，他前陣子不就犯了一次大錯嗎？」

「前陣子……你是說追擊桃樂絲一黨嗎？」

「就是那個。明明上了請罪書，結果陛下只是消失一下子而已，他就立刻跳出來，帶著一群人喊著立新王什麼的，一點反省的意思也沒有。這個男人，野心太大了啊。」

這句話其實是謊言。

法魯斯並沒有說要「立新王」，而是「請求確認庫布里克公爵的晉升」。

雖然明眼人都知道這兩者可以劃上等號，但在莎碧娜平安歸來的此刻，這句話無疑是禁忌。一旦這句話傳出去，法魯斯的政治生命就可以宣告結束了，而這也是帕爾特樂見的。

「對了，說到桃樂絲一黨，這次陛下回來的時候……」

說到這裡，帕爾特下意識地看了一眼壁鐘，然後嚇了一大跳。

「不好，已經這個時間了？該上班了！」

「哎呀，等一下，你的東西還沒吃！」

「不吃了。陛下不在的時候積了一大堆工作，搞不好今天得加班呢。」

帕爾特匆匆忙忙地走出家門，然後搭上自家獸車，朝著黑曜宮疾駛而去。

※◆※◆※◆※

首都巴爾汀的主要道路，寬度足以容納四輛大型獸車並肩行駛。路面修整得很平坦，再加上貴族獸車有優先使用道路的權利，因此帕爾特沒過多久就抵達了目的地。

黑曜宮有四扇門，最大的正門平時不會隨便開啟。從內部工作人員專用的側門進入黑曜宮後，帕爾特直奔辦公室。

帕爾特的部下們一見到上司，全部站起來迎接。每個人看起來都容光煥發，帕爾特相當滿意。

前陣子因為女王失蹤的關係，大家的士氣非常低落，現在剛好相反，簡直像重生了一樣。

「大人，陛下正與兩位公爵、里希特侯爵一起用餐。預計二十分鐘後結束。」

「這是國內近期的物資流動統計，有六個區域不正常，可能的原因是……」

「許多貴族送來了禮物與慰問信，希望與陛下會面的有……」

「凌晨的時候，邊境送來報告，亞爾奈那邊……」

帕爾特連椅子都來不及坐，部下們便拿著文件朝他湧來，這一幕令人不禁聯想到吸食花蜜的蜂群。

帕爾特見狀忍不住咋舌，無精打采的部下雖然很頭痛，可是幹勁洋溢到這種程度，也讓他有些困擾。

帕爾特不想打擊此時部下們的高昂情緒，於是同樣打起幹勁，迅速俐落地下達工作指示。

將需要報告的東西依嚴重程度分門別類，有關聯的文件放在一起，勾勒出能在短短幾句話內就表達全意的重點……

在這一連串的事情做完後，女王的早餐時間也快要結束了。

就在帕爾特拿起厚重的記事本，準備衝出門口時，一名部下叫住了他。

「等等、大人！緊急製作的通行證已經完成了！請您檢查！」

「啊，對，差點忘了那個！」

帕爾特連忙停下腳步。部下捧著銀盤走了過來，紅色絨布上放著三張金色卡片。

這三張金色卡片正是黑曜宮的內部通行證。

黑曜宮乃是國家最高行政中樞機構，警備設施自然也是最高等級。黑曜宮內部設有許多魔導陷阱與警報裝置，如果沒有佩帶通行證亂跑，就算死了也無處申冤。金色卡片象徵最高通行權限，就連帕爾特也只有次一級的銀色而已。

帕爾特拿起金卡，仔細檢查有無問題。編號、密印、紋陣、防偽措施，每一個都必須確認清楚。畢竟是金卡，不能不謹慎。

「可是，這樣真的好嗎，大人？給不知底細的外人金卡什麼的……」

就在帕爾特檢查卡片時，某個部下忍不住出聲抱怨。

「慎言！你是在質疑陛下的判斷嗎？」

帕爾特大喝一聲，這名部下嚇得倒退好幾步。

「不、不是！那個、我沒有……」

「我們的工作不是判斷，在於執行。徹底的執行、忠實的執行、不摻雜任何私情的執行。這句話我從以前就一直對你們反覆提醒，難道你忘了嗎？」

帕爾特疾言厲色地說道。感受到上司是真的發怒了，四周的部下紛紛停下手邊的工作，垂頭接受訓示。被斥責的部下更是臉色發白。

「不、不，大人，我沒忘！」

「聽好了，我們的工作可以接觸到很多東西，但別就這樣以為那些東西是你可以染指的。一旦不夠謹慎，不僅自己會沒命，連你的同僚、家人、朋友也可能會喪命。我們的工作就是這麼重要！不亂想、不亂做、不亂聽、不亂說、不亂談，這五個原則，我沒教過你嗎？」

「有的，大人！」

「作為懲罰，本月的薪水減半，有問題嗎？」

「沒問題，大人！」

薪水減半雖然心痛，但總比被辭退要好。要是背負著「被長官趕走」的經歷，不論到哪裡都不會有人聘僱自己吧，到時自己的政治生命可就徹底毀了。想到這裡，這位部下暗暗鬆了口氣。

教訓完說錯話的部下後，帕爾特叫那名捧著銀盤的部下跟他一起出門。兩人一前一後的穿過長廊，路上不時遇到對他們躬身行禮的侍女。

黑曜宮沒有平民，這些侍女全是低階貴族出身，也只有在貴族眾多的首都才能見到這種景象。

（不過，金卡啊……）

帕爾特一邊以沉穩又迅速的步伐行走，一邊思考那三張金卡的意義。

雖然他經常斥責部下「不要亂想」，但誰都知道那只是表面話。

能在這種地方工作的人，哪個不是腦筋靈活、機敏聰明之輩？就連他自己，也對這三張金卡的出現感到不可思議。

（看來，新的有力貴族就要誕生了。）

思索著，帕爾特在一扇大門前停下腳步。

用手指輕叩，門扉吱呀一聲開了一條小縫，侍女從縫隙中探出頭來。

「啊，帕爾特大人。」

「陛下用完餐了嗎？」

「是的。正在跟客人們說話。似乎在談論什麼重要的事情，表情很嚴肅。」

「哦？是什麼事……啊，抱歉，問了沒意義的廢話。」

帕爾特對自己的失態暗暗咋舌。

先不論這種擅自打探上司情報的舉動是否可取，大人物們在談論要事時，是會用魔導道具封鎖聲音的。

這種魔導道具名叫「天地無音」，一旦啟動，指定範圍內的聲音都會被吸收掉，只有手持接受器的人才能聽見聲音。

雖然保密性極高，但礙於技術限制，禁音範圍最低也達半徑三十公尺，因此不是那麼方便。

與其製造一個禁音結界讓路過的人知道你在大搞秘密會談，還不如找一個隔音性好的密室比較容易，因此這個魔導道具只有在某些特殊場合才用得到。

「那麼，幫我跟陛下知會一聲。我在外面等。」

「是的。」

就算是大秘書官，沒得到主人允許就進入裡面也是相當不禮貌的。在這種細節上的重視，就是貴族與平民的差別。

帕爾特在等候時，順便整理了一下自己的衣著，然後在他心中默數到十五時，大門再度打開。

「帕爾特大人，陛下傳喚您進去。」

帕爾特「嗯」了一聲，然後挺直背脊走入房間，捧著銀盤的部下緊張地跟在後面。

房間裡面同樣充滿了不會使王宮之名蒙羞的豪華家具，最顯眼的是一張白色長桌，以及圍著長桌的人。

比起豪華的房間與家具，這些人的存在感更加強烈。

坐在長桌主位的，自然是這座黑曜宮的主人——雷莫女王莎碧娜．艾默哈坦。那不論看了幾次都會讓人迷醉不已的秀麗容貌、高貴的氣質、優雅的儀態，是任何人都比不上的。

坐在女王右邊第一個位子的，是陸戰元帥赫伯特．札庫雷爾。

此人舉手投足都充滿了軍人特有的紀律感，即使只是坐在那裡，也會不斷散發出令人窒息的壓迫感。

右邊第二個位子坐著空騎元帥英格蘭姆．亞爾卡斯。

他與札庫雷爾並稱「雷莫雙壁」，但外觀給人的印象卻完全不同。俊雅的容貌與氣質看起來不像軍人，反而像是文官。臉上總是掛著微笑，給人一種靠不住的感覺。

右邊第三個位子，則是監察院總長麥朗尼．里希特。

因為職責之故，這個男人被大部分貴族厭惡與畏懼。據說從事情報工作的人，多少都會帶著陰暗的氣質，但這個男人完全不是如此，不熟悉里希特的人第一眼見到他時，往往會覺得他是一個嚴肅正直、值得託付的男人，真讓人覺得不可思議。

帕爾特迅速掃了這三人一眼，然後視線移到了女王的左手邊。

在那裡，同樣坐著三個人。

金髮的少女。

銀髮的女子。

紅髮的獸人。

（桃樂絲一黨……）

一想到連自己都沒有的、象徵著莫大榮譽的通行金卡，現在竟然要給這三個出身與來路都不清楚的傢伙，帕爾特在心中大聲嘆息。

※◆※◆※◆※

在此，稍微將時間的刻度轉向兩天前。

在奇岡城的某間餐廳裡，亞爾卡斯與里希特突然出現。

對於這場突如其來的相遇，莫浩然一行人的警戒心瞬間提升到最高等級。

「等等，我們無意戰鬥，只是想跟妳們聊一聊而已。」

亞爾卡斯舉手阻止眾人，同時聲稱自己沒有惡意。

當然，這種說法並未得到莫浩然一行人的認同。

紅榴甚至已經跳上桌子，披在身上的斗篷出現了不自然的隆起，如果把斗篷掀開，可以見到高高豎起的耳朵與尾巴吧。

「唉，是真的。如果真的要打，不會像現在這樣特地露面吧？直接奇襲就好了。而且妳看我們的打扮，像是要戰鬥的樣子嗎？」

亞爾卡斯雙手一攤，要眾人好好看清楚他的樣子。

此時的亞爾卡斯沒有攜帶武器，穿的也不是軍服，而是與一般平民沒兩樣的普通衣服，質料或設計都與他的地位完全不相當，這顯然是一種偽裝。

站在後面的里希特也是如此，一樣沒有武器，一副普通人的打扮，跟上次見面時完全不一樣。

雖然衣著樸素，但因為兩人的相貌實在超出正常規格太多，所以還是很顯眼。

「先等一下，紅榴！」

莫浩然立刻拉住紅榴的斗篷，於是獸人少女一臉不解地看著他。

「喵嗚？為什麼？不管他們想幹嘛，先把他們揍到不能反抗才安全吧？」

「不，妳這想法也太危險了吧？麻煩給我搞清楚和平這個字眼的意義。」

「……一種肉類料理？」

「……妳還是繼續吃妳的飯吧。」

莫浩然從椅子上站起來，接著踏上走道，與亞爾卡斯面對面。他的右手緊緊抓著劍匣的帶子，一旦發生什麼意外，就會立刻拔出禍式劍。

「有什麼事嗎？」

莫浩然問道。手心因緊張而滲出汗水，但表面上裝得很鎮靜，這時候千萬不能露出怯意。

「這個嘛，因為是很重要的事，所以只能跟身為首領的妳談。我們兩個去那邊的角落聊聊，如何？」

「……不行。我不是首領，她們也不是我的手下，要談就在這邊談。」

「哦？」

亞爾卡斯一臉意外的表情，里希特也動了動眉毛。

「妳們的關係還真有趣。不過……」

亞爾卡斯的目光落到紅榴身上，表情有些為難。

「接下來要談的，是不能給獸人知道的事。這下可難辦了。」

「喵哈哈哈哈！爺爺說過，對方越是不想讓妳知道的事，妳就越應該知道！」

紅榴立刻跳到莫浩然旁邊，接著雙手扠腰，充滿氣勢地大聲說道。

亞爾卡斯困擾地搔了搔頭。

「哇哦，真是活力十足的小姐。不過，麻煩妳小聲一點。雖然我的手下已經把這間餐廳的內外控制住了，但可能的話，還是希望別太惹人注意。」

「所以果然打算做壞事、對吧？不然幹嘛怕別人聽到！」

「……我說這位獸人小姐，敢情妳都沒在聽人說話？既然要談重要的事，確保不會洩密的環境不是理所當然的嗎？」

「無法光明正大談論的事情，通常不會是好事！」

「……」

這句話實在太正確了，亞爾卡斯一時間竟想不到該怎麼反駁才好。

「我說，就算你只想跟我談，最後我還是會把事情跟她們講。反正結果都一樣，直接在這邊說就好了吧。」

莫浩然在說這句話的時候，做好了對方因惱羞成怒而動手的心理準備。

但亞爾卡斯沒有翻臉，而是轉頭看了一下里希特。只見里希特無言地點了點頭，亞爾卡斯見狀嘆了一口氣。

「好吧好吧，一起聽總行了吧。」

意外的，對方同意了他們的要求。

做到這種地步，莫浩然心中的戒備也不禁有些鬆動，並且生出「似乎真的有很重要的事情要找我？」的想法。

就算是對異世界文化還不夠了解的莫浩然，也知道公爵與侯爵在這個國家究竟代表什麼意思。

亞爾卡斯與里希特的身分地位，在雷莫毫無疑問屬於最前面的序列。這樣的兩人竟然會微服出現，而且還一直遷就他們的要求，實在太不尋常了。

於是眾人換了另一張較大的桌子，雙方面對面坐著。

（……怎麼感覺像是在聯誼一樣？）

莫浩然突然冒出這個念頭。

他之所以會想到這種事，是因為桌子一邊全是男性，另一邊「看起來」全是女性的關係。

「雖然以前就見過面了，但因為許多因素，沒能夠坐下來好好談談。那麼，首先容我正式自我介紹一下。」

亞爾卡斯率先開口，就連臺詞也跟聯誼的開場白很像。

「我是英格蘭姆‧亞爾卡斯，雷莫的公爵。今年二十八歲，未婚，三十歲之前都沒有結婚的打算。目前沒有交往的對象。我喜歡的類型是聰明能幹的女孩，如果會做菜就更好了。對了，我喜歡雞肉，不過其他肉類也不排斥。」

「……麥朗尼‧里希特，雷莫侯爵。」

相對於亞爾卡斯那簡直跟相親資訊大放送沒兩樣的自我介紹，里希特只用短短一句話就解決了。

這種奇怪的落差，讓莫浩然覺得這兩個傢伙一定是故意的，或許這是為了舒緩現場的緊繃氣氛才這麼做的吧。

莫浩然雖然不予置評，但有兩個人似乎對於男方的自我介紹很不滿意。

只見紅榴與伊蒂絲在一旁竊竊私語，不斷說著「妳覺得怎麼樣？」、「不及格啦，輕浮的金髮小白臉跟髮色噁心的無聊男」、「只看臉的話還可以，但是男人不能只能臉」、「個性明顯很差」、「既然是大貴族，應該很有錢」、「感覺就是會依仗權勢玩弄女人的壞蛋」之類的失禮內容。

現在的伊蒂絲是藍色人格。跟紅色人格不一樣，藍色人格跟紅榴比較處得來，所以才能辦到這種像是國中女生在品評男性般的配合。

因為她們的音量剛好壓在自言自語以上的絕妙程度，對面的亞爾卡斯與里希特同樣聽到了。前者的笑容依舊不變，彷彿什麼都沒聽到；後者輕輕皺了一下眉毛，但也沒說什麼。

由於紅榴與伊蒂絲的反應有挑釁的嫌疑，讓莫浩然有些頭痛。他在黑道夜總會打工時，曾經旁觀過好幾次的談判場面，深知這時候要是自己應對不好，局面會變得非常險惡，因此決定採取比較柔和的態度。

「呃……我是桃樂絲……因為一些這樣那樣的原因，不知怎麼的就變成通緝犯了……啊，那個，最近似乎有奇怪的傳言，說我跟恐怖組織聯手什麼的……那些都是假的，我根本不知道有那回事。嗯，啊，總之，雖然我們以前發生過一些不愉快，但要是能忘掉就太好了，就這樣。」

「原來如此。桃樂絲小姐不僅是美女，更難得的是很有禮貌呢。跟其他人完全不一樣，充滿了知性與教養。」

莫浩然覺得自己的對應有些笨拙，然而亞爾卡斯卻給予他高度的評價，就連里希特也是一臉滿意地點著頭。但無論怎麼看，莫浩然都不覺得是因為自己的誠意打動了對方，這明顯是對自己旁邊那兩人的反擊。

（雖然表面上若無其事，但果然還是生氣了……）

設身處地的想，要是換成自己被人這麼對待，會生氣也是理所當然的。莫浩然很能體諒對面的心情。

只是，這一邊可不會就此收手。

「我叫紅榴。獅子族族長紅獠的女兒，用你們人類的說法，就是公主哦。公爵啦、侯爵啦，那種東西我們族裡多得數不完，沒什麼了不起的。」

莫浩然「咦」的一聲用力轉頭。

（公主？這是什麼？為什麼突然冒出這種設定？這個伏筆以前埋過嗎？為什麼我沒有聽說過？）

「我叫伊蒂絲。至高無上的歐蘭茲大人的奴僕。在歐蘭茲大人面前，公爵、侯爵之類的，就跟紙屑一樣不值錢。收起你們那可悲的優越感，誠心歸附於歐蘭茲大人麾下吧！依照你們的態度，我可以幫你們向歐蘭茲大人說一下好話，至少爭取一個掃廁所的職位。」

莫浩然「喂」的一聲猛力轉頭。

（在這裡搬出歐蘭茲的名字沒問題嗎？開口就要人家投降大魔王又是哪招？掃廁所什麼的先不管，最糟糕的是妳口中的大魔王早就掛了啊！）

莫浩然小心地回頭，有些不敢直視對面的反應。

果不其然，亞爾卡斯與里希特一臉呆滯，兩人的表情就像是看到了什麼荒謬的東西一樣。

一個說自己是公主，一個說自己是魔王的部下，要是在地球，說出這種話的傢伙只會被人當作是重度中二病患者。俗話說物以類聚，莫浩然打從心底不想被對方認為是她們的同類，於是急忙跳出來緩頰。

「不好意思。她們最近看了一些奇怪的書，有時候會說些莫名其妙的話，所以請別見怪。」

於是亞爾卡斯與里希特的目光落到了旁邊的桌子。那是莫浩然一行人剛才所坐的桌子，上面擺著伊蒂絲先前正在看的小說《我的妹妹是有戀兄癖的超級魔法師》，然後像是理解了什麼似的點了點頭。

「桃樂絲小姐看來也很辛苦啊……那麼這一位呢？可以請教妳的名字嗎？」

亞爾卡斯先是婉轉地表達了自己的同情，接著對戴著惡鬼面具的少女提出詢問。

當然，零彷彿完全沒聽到一樣，對亞爾卡斯置之不理。

在他人看來，這恐怕又是一次挑釁意味濃厚的反應吧。為了避免誤會，莫浩然只好代為回答。

「啊，她的名字是零。是個好女孩，只是不太愛理人而已，請別見怪。」

「不會。零，是嗎？真是特別的名字，聽起來很有品味。不過一直戴著面具，不會覺得氣悶嗎？零小姐是否願意摘下面具，讓我一睹芳容呢？」

「這個……」

零依舊無動於衷，莫浩然也覺得有些為難。首先，他沒有命令零的權力。再來，零的長相可是跟莎碧娜一模一樣，摘下面具恐怕會惹來麻煩。

（咦？這麼說來，零的臉好像上次已經被看到了？）

這時莫浩然想起來，上次里希特襲擊他們的時候，零的面具曾經被打破。里希特當時應該就已經看過零的長相才對。

「唔，不肯摘下嗎？難道面具下的臉孔被我們看見了，會有什麼困擾嗎？」

亞爾卡斯鍥而不捨地追問。雖然他的笑容不減，但莫浩然總覺得對方眼中的光芒變強了。

「……原來如此，難道他們打著這樣的主意嗎？」

就在這時，寄宿在莫浩然頭上的大法師突然說話了。

正當莫浩然想詢問他發現了什麼時，里希特也在此時開口。

「夠了，亞爾卡斯。這種試探沒有意義。時間寶貴，不要浪費在無聊的地方。」

「……我說啊，里希特，你不覺得至少也該讓我確認一下嗎？」

「這種互相提防的對話，花再多時間也不會有進展。直接說出我們的來意吧，我們已經沒有浪費時間的餘裕了。」

「真難想像，這種話會從身為監察院總長的你口中說出來……」

「要換我來嗎？」

「啊啊，交給你了。話說，原本就應該你來吧？從剛才就一直讓我說話，害我有點搞不清楚自己是來幹嘛的。我是見證人才對。」

亞爾卡斯邊抱怨邊將身體靠上椅背。他透過這個動作，表示自己將交涉的權力交給了同伴。

於是莫浩然一行人看向里希特，已經降低的戒心又有回升的跡象。

比起亞爾卡斯，里希特給人的感覺更加難纏。這種感覺的由來不在於外表與態度，而是源自於上次的戰鬥。

里希特那種隱形戰法，任何人遇到了都會覺得討厭吧。

「首先，容我先問各位一件事——妳們有聽說最近在雷莫盛傳的謠言嗎？」

要是讓紅榴或伊蒂絲回答，可能會搞砸對話，零又是完全不理人，於是莫浩然只好扛起這一邊的交涉工作。

「謠言？你是指，莎……女王失蹤的事情嗎？」

原本莫浩然是想說「莎碧娜」的，但他想起眼前這兩人是對方的臣子，要是直接稱呼君主的名字，恐怕會引起他們的不快，所以改變了稱呼。

「看來妳們已經知道了，那麼我就不用浪費時間再一次說明了。不過……使用『失蹤』這個字眼，而不是『死亡』，想必妳也很清楚這些謠言的意義，以及背後的真相。」

其實我不知道，全是頭上那位大法師講的——莫浩然沒辦法把實話說出口，只好發出「嗯啊」的聲音敷衍過去。

里希特露出滿意的笑容。

「身懷優秀的魔法才能，同時擁有不俗的智慧，實在難得。既然桃樂絲小姐是如此聰穎的人，對於我接下來的提案，想必也能非常理性地判斷出是否可以接受。」

「……提案？」

「是的。就是在找到陛下之前——」

里希特先是頓了一下，同時看向零。

「——讓這位小姐暫時假扮女王的提案。」

莫浩然瞪大了雙眼，一旁的紅榴與伊蒂絲也是如此。零因為戴著面具所以看不出來，但莫浩然感覺她似乎也被嚇到了。他們這邊唯一沒有動搖的，就只有呢喃著「果然是這樣」的大法師。

「這個提案對各位有什麼好處，請先冷靜地聽我說明。」

不給眾人鎮靜的時間，里希特繼續說了下去。

「第一個好處，自然是協助陛下穩定局面的功勞。這份功勞之大，絕對足以封地授城。除非叛國，否則任何罪名都足以一筆勾銷。至於陛下屆時是否願意履約，我們——也就是我、亞爾卡斯公爵，以及札庫雷爾公爵——願意以真名起誓，為妳們聯名作保。最低也會確保妳們的人身安全與行動自由。」

如果是在地球，這個約定毫無價值。為了達成目的，政客可以說出任何承諾，也可以背棄任何承諾。

但在傑洛，「以真名起誓」這件事的重量非同小可。

真名，乃是聯繫世界的證明。

在傑洛，凡是魔法師都擁有兩個名字——讓外人辨識的「外名」，以及在世界留下刻印的「真名」。

用「真名」立下誓言，等於是跟世界立下約定。一旦違反，等於背棄了世界，也背棄了與世界互為表裡的魔力。魔法師的魔力將會立刻被世界奪走，輕則變成凡人，重則喪命。

願意做出這種約定，不僅代表里希特等人的誠意，更代表他們現在面臨的狀況有多險惡。

「當然，如果妳們的身分其實並非表面上那麼簡單，第一個好處也許享受不到。但第二個好處——確保陛下的平安——或許對各位來說就相當有價值了。」

里希特這句話讓莫浩然有些無法理解。為什麼那個跟最後 BOSS 沒兩樣的女人平安無事了，會為自己帶來好處呢？但要是追問理由的話，總覺得會被輕視，所以他就「唔嗯」的敷衍過去。

莫浩然並不知道，里希特對他的身分有著某種程度的誤解。

一級通緝犯。

優秀的魔法師。

擁有魔王寶藏的嫌疑人。

身邊跟著曾是女王貼身近衛的鬼面少女。

這四個互相矛盾、彼此衝突的特點，同時存在於名為「桃樂絲」的個體之上，令人無法單純視為敵方。

尤其在亞爾卡斯說出自己曾跟桃樂絲打過一場沒有分出勝負的戰鬥，這個誤解變得更加深刻了。

如果是敵人，莎碧娜沒理由放任這麼危險的傢伙四處遊蕩。但如果是友方的話，一切疑問就可以獲得解答。

里希特猜測桃樂絲可能是莎碧娜暗中培養的強力手下，而且此時正在執行某些秘密任務。

畢竟曾有過鬼面少女那種突然憑空冒出來的例子，會有這種猜測也是合理的。就算不是，至少最低限度也與莎碧娜之間締結了某種合作關係，否則鬼面少女不會跟在桃樂絲身邊。

既然如此，莎碧娜的安危對桃樂絲而言，絕對不是無關緊要的事——這是里希特的判斷，亞爾卡斯與札庫雷爾也認同這個判斷。

「以上就是我們這邊的提案。為了保持雷莫的穩定與拯救陛下的生命，請問妳願意接受嗎？」

說完，里希特目不轉睛地看著莫浩然。亞爾卡斯仍是一副背靠椅背的放鬆姿態，但同樣瞪著莫浩然不放。

莫浩然有些不知所措，於是轉頭望向其他人，結果發現零、紅榴與伊蒂絲竟然全都看著他。

（什麼……？）

這種氣氛是怎麼回事？簡直就像他才是握有決定權的那個人一樣。

「……那個、妳們覺得呢？」

抱著不祥的預感，他輕聲問道。

「不知道耶。反正在報完恩前，我會一直跟著小桃桃的。」

紅榴毫不猶豫地回答。

莫浩然真想叫她不用考慮那種事了，報恩什麼的他真的不需要。

不，最重要的是，他可不想擔負起這種左右國家命運的責任。

他只是一個十六歲的高中生，光是決定自己的未來就已經竭盡心力了，更何況是國家這種巨大到讓人生不出真實感的東西？而且這種事不是應該要問當事人的意見嗎？為什麼要問他呢？

（去找當事人就好……呃，零要監視我，所以不能離開我身邊……啊咧？可是莎碧娜都死了……啊，不，沒有屍體，只是失蹤……所以……？）

莫浩然的背部頓時流滿冷汗。繞了這麼一大圈，結果擁有最終決定權的人果然還是自己？

（尼瑪啦！誰都行，麻煩給個意見好嗎——？）

莫浩然在心中大聲呼喊。

要是有人提出贊同或反對的理由，他就可以順勢做出決定了。頭上那位大法師平時囉嗦得要命，偏偏挑在這時候保持沉默。

「不行！」

或許是上天聽到了他的懇求，總算有人挺身而出了。

「不是說好我們要去亡者之檻的嗎？明明就快到了，怎麼可以浪費時間做那種多餘的事！」

出聲反對的是伊蒂絲。從表情與遣詞用字來看，此時應該是紅色人格。

就在莫浩然鬆了一口氣，準備附和伊蒂絲時，有人搶先他一步做出反應。

「亡者之檻？那種荒涼的地方？妳們去那裡幹嘛？」

亞爾卡斯訝異地問道。

「不關你的事，小白臉公爵。」

伊蒂絲對他吐了吐舌頭。

亞爾卡斯露出像是噎住了一樣的表情。

「小白臉公爵……嘛，算了，如果要去亡者之檻，比起在地上慢吞吞的走，從空中會更快更安全哦，我可以派浮揚舟載妳們去。」

「咦……？真、真的？」

「我好歹也是空騎元帥，調動一、兩艘浮揚舟的權限還是有的。嗯，從這裡出發的話……陸行至少要一個月吧？坐浮揚舟的話，從首都出發只要兩天。這段多出來的時間，用來協助我們應該是綽綽有餘。你說對吧，里希特？」

「啊啊，沒錯。考慮到各種情況，一個月也是極限了。」

假扮女王這種事當然不可能永遠持續下去。應該說，就算想永遠持續也是不可能的，時間一久必然會被人看出破綻。

「這樣啊，那答不答應都沒差囉？嗯，很好，那就交給你決定。」

伊蒂絲很乾脆地背叛莫浩然的期待，將球重新扔了回來。

這種不負責任的行為，讓莫浩然湧起一股罵髒話的衝動。

（該怎麼辦……）

接受？還是不接受？

這不只是單純的選擇題而已。無論選哪一個，都會帶來相對應的麻煩。

一旦接受提案，他們將被捲入雷莫的權力鬥爭，從異世界冒險遊記轉為宮廷劇路線。宮廷禮儀、貴族交際、勾心鬥角、暗殺、間諜、陰謀……這一類的字眼在莫浩然腦中不斷盤旋。

（哇啊……光想就讓人頭大。真不想遇上這種事……）

然而，拒絕提案的話，眼前的亞爾卡斯與里希特又會做何反應？突然將如此重大的機密告訴自己，不就是「聽完就別想置身事外」的意思嗎？要是不答應，這兩個傢伙會不會立刻翻臉，把他們幹掉？

（要是真打起來，我們這邊的勝算……不，別說勝算了，連能不能平安脫身都是問題吧……）

上次光是對付里希特就很辛苦了，何況這次還加上一個亞爾卡斯？由公爵與侯爵所組成的討伐陣容，簡直豪華得沒天理。

仔細考慮之後，莫浩然發覺自己還是偏向拒絕這邊的，但目前的情勢似乎只有答應這一條路可走。

「放心，他們不敢在城裡動手。至少會等到我們出城，到時我們可以很簡單地甩掉他們。」

就在莫浩然苦惱時，傑諾終於開口了。

「咦？真的嗎？」

莫浩然捂著嘴低聲問道。在旁人看來，他的動作像是在捂臉沉思。

「既然微服行動，就代表他們不想引人注目，所以不會在城裡動手。他們應該會搭乘浮揚舟或騎白鷹在空中監視，但他們的身分決定了他們不可能在這裡待太久，所以只要一直躲在城裡就好。」

這麼簡單？莫浩然有些不太相信。

但，傑諾應該不會拿這種事來開玩笑。

（……所以，拒絕應該也沒關係……這樣嗎？）

莫浩然深吸一口氣，準備說出自己的決定。

就在這時，他感受到強烈的視線。

那道視線來自鬼面少女。

從面具眼洞中投來的視線，與以前的感覺不一樣。

（啊……）

於是莫浩然驚覺，自己忽略了什麼。

雖然剛才腦中一直想著「問問當事人」之類的事情，但是他卻沒有真的去詢問當事人——也就是零——的意見。

沒錯，零也是有自我意志的。

她會想幫他綁頭髮。

她會因為吃到甜食而高興。

她會提出問題。

她會主動為他拔劍。

習慣於鬼面少女的沉默，他下意識地忽視了對方的意願，只想顧著自己的方便而下決定。

（……她應該、很想去吧？）

畢竟事關莎碧娜的安危。

……但，自己不是為了做這種事，才來到異世界的。

為了撿回失去的性命，為了取回珍惜的人生，他才會與大法師簽訂契約，來到這個危機四伏的世界。

答應里希特的提案，只會帶來無謂的困擾與危險。

此非智者所為。

「我知道了，我接受。」

最後，莫浩然這麼回答了，連他自己都不知道為什麼。

※◆※◆※◆※

「看來似乎還沒有被懷疑。」

在大秘書官帕爾特離開房間之後，亞爾卡斯對在場眾人說道。當然，他是在魔導道具「天地無音」開啟狀態下說出這句話的。

「帕爾特是個慎重到近乎膽小的人。就算心生疑慮，他也不會隨便亂說話。不過看他的樣子，確實還沒有察覺到什麼。」

里希特的批評毫不留情。昨天法魯斯發動上議請願時，帕爾特的反應就算用拙劣來形容也不為過，幸好他們及時趕了回來，否則事態將一發不可收拾。

「這也跟侍……陛下的行為舉止相當自然有關吧。」

札庫雷爾差點脫口說出「侍衛」這個字眼，幸好及時改口。里希特像是責備似地看了他一眼。

「札庫雷爾元帥，請小心點。從現在開始，任何一點小錯誤都可能引發災難性的後果。就算是在最親密最信任的人面前，也不能大意。」

「啊啊……知道了，我會注意的。」

札庫雷爾忍不住露出苦笑。他本來就是個討厭虛假、厭惡欺瞞的人，現在突然要他在所有人面前演戲，實在很不習慣。但他也知道，現在不是考慮個人好惡的時候。

「不過，給人的感覺真的跟陛下一模一樣吶，除了靈威以外……」

亞爾卡斯邊說邊轉頭。札庫雷爾與里希特也不由自主地做了同樣的動作。

他們的目光，落於坐在桌子首位的那個人。

身穿漆黑華服的女子。

端正美麗的容貌、筆直柔順的烏黑秀髮，從哪個角度來看，都與莎碧娜本人相同。不只是身高與體型，甚至連手掌大小這種極其細微的地方，也跟莎碧娜沒有不同，要不是年紀不對，簡直要讓人忍不住懷疑她們是雙生子。

但比起外在，更重要的是內在。

走路的姿勢、用餐的方式、說話的語氣，就連這些也很像莎碧娜。尤其是那種彷彿將冷靜這個形容詞擬人化般的淡然神態，完全就是莎碧娜的翻版。

假扮成另一個人這種事說來簡單，其實非常不容易。亞爾卡斯等人原本擬好了一套應對計畫，用來掩蓋假女王的行為破綻。沒想到零的演技竟然如此逼真，連他們都快分辨不出眼前女王的真假了。

「哦……真的有那麼像嗎？」

看見亞爾卡斯等人露出的複雜表情，莫浩然好奇地問道。

「啊啊，真的很像陛下。像到這種程度的話，別說一個月，就算一年也不會有問題吧……連喝茶喜歡加一又四分之一匙糖，攪拌時會翹起小指的習慣都……究竟是怎麼做到的啊，這個？太可怕了！」

會精確計算女生喝茶加多少糖，甚至喝茶時會怎麼攪拌的你，才更令人覺得可怕吧？莫浩然真想這麼吐槽。

「真厲害啊，零。」

「因為我一直跟在莎碧娜大人身邊。」

零將視線從茶杯移到稱讚自己的莫浩然臉上，然後一臉平靜地說道。

「只是隨侍在陛下身邊就能做到這樣，這也太……不，算了，現在不是研究這個的時候。」

亞爾卡斯搖搖頭，然後改變話題。

「目前最重要的，還是找出陛下的下落。表面上陛下已經回來了，所以我們不可能大張旗鼓去找。這個工作就只能拜託你了，里希特。」

「啊啊，交給我吧。」

「另外還有一個大麻煩要解決，就是亞爾奈。根據密探傳來的消息，這次領兵的將領竟然是那個哈帝爾。」

提到哈帝爾的名字時，亞爾卡斯露出牙痛般的表情。不是因為畏懼，而是因為對方派出的人選，嚴重限制了他們的行動。

克拉倫斯．哈帝爾。

亞爾奈的軍務參謀總長，別名「沉默之劍」的公爵。

如果是侯爵級魔法師，靠邊境領主與駐軍就足以應付了。但要是換成公爵級魔法師，雷莫雙壁非出動一人不可。若局勢惡化，搞不好兩人都得親赴前線，如此一來，就沒人可以支援零的偽裝了。

零的扮相雖然無懈可擊，卻有一個極大的破綻——沒有靈威。

平時莎碧娜當然不會無聊到隨便散發靈威，但遇到必須展露威嚴的場合，她自然不吝搬出這項武器。偏偏這項武器就是零所缺少的。

要是亞爾卡斯或札庫雷爾在的話，就能以充滿忠誠心的姿態，代替零進行靈威壓制，而這也是「幻影女王計畫」中最重要的關鍵。

只要雷莫雙壁在場，任何質疑都壓得下來。

公爵級魔法師具有這樣的重量。

然而哈帝爾的出征，嚴重威脅了這個關鍵。

「唔嗯，考慮到最壞的情況，只能依靠桃樂絲小姐了呢。雖說有些失禮，但以防萬一，還是先確認一下比較好。桃樂絲小姐的魔法實力究竟到了哪一個位階呢？」

莫浩然一行人的戰鬥力雖然卓越，但只有莫浩然可以發出靈威。亞爾卡斯等人在聽聞這件事的時候，覺得非常不可思議。

姑且不論獸人紅榴，能夠駕馭魔操兵裝的零，還有能夠施展鎖縛之型的伊蒂絲，這兩人怎麼看都是實力拔群的魔法師。這世上竟然存在著沒有靈威的魔法師，實在令人難以置信。

面對亞爾卡斯的詢問，莫浩然先是猶豫了一下，然後謹慎地回答。

「這個……我也不確定耶，因為沒有實際測量過……以前也因為許多原因，沒機會全力戰鬥。」

這個回答來自傑諾的指示。

平時傑諾所提供的魔力只有男爵級程度，但要是老實說出來，恐怕對方不會相信……不，應該說要是相信了，搞不好會引來禍患吧？最好的處理方法，就是繼續保持神秘感。

亞爾卡斯點點頭不再追究，札庫雷爾與里希特也沒有追問。大概是看穿了莫浩然無意透露實力的心思，認為再問下去也只會得到虛偽的答案吧。

「那麼，姑且先視為伯爵級吧。只有這種程度無法壓制下面的人，我跟亞爾卡斯非得留一人坐鎮首都不可。」

札庫雷爾的話聽起來有些刺耳，其中多少帶有激怒對方、好取得情報的意思。不過看見莫浩然神色如常的模樣，札庫雷爾知道這招失敗了。

（年紀輕輕，卻很沉得住氣……這不是普通家庭出生的人能做到的……）

札庫雷爾對莫浩然的評價暗中調高了一級。

年輕人的自尊總是特別高，魔法師這種生來就高高在上的人物更是如此。這份傲慢唯有經過時間與現實的打磨才會變得收斂，因此年輕的魔法師總是特別會惹事，除非從小就受過良好的教育。

但根據「桃樂絲」的行為與餐桌禮儀，顯然事情並非如此，那麼唯一的解釋，就是她曾經接受過某些訓練，懂得如何壓抑那股過剩的自我表現欲望。

這種訓練通常是秘密部隊——就像鄰國亞爾奈的「影伏」——才會有的。

「那麼，哈帝爾那邊就交給我吧，由札庫雷爾元帥坐鎮首都。」

「也好。」

亞爾卡斯是年輕一輩的明星，但論及在貴族之間的威望，還是札庫雷爾更高一些。

「請容我再次提醒各位。這段期間，希望妳們不要做出太顯眼的舉動。可以嗎？」

「哦。」

「……」

「真囉嗦耶。啊，這個餅乾，再來兩盤。」

「哼，只有歐蘭茲大人才能命令我。」

四個人各自做出不同的反應，唯有莫浩然的回答還算讓人放心。

這些傢伙真的沒問題嗎？亞爾卡斯等人面面相覷。

※◆※◆※◆※

「我那微小的人生——就此逆轉——」

小聲哼著歌，西格爾走在街道上。

久違的首都道路還是像以前一樣寬敞潔淨，獸車川流不息，行人絡繹不絕，那種彷佛人人隨時都有事在忙的感覺，給人一種強烈的活力。要是初次來到巴爾汀的人，都會被這股急迫的氛圍嚇到。

「我那無聊的人生——就此燦爛——」

距離西格爾上一次來到首都，已經是兩年前的事。

巴爾汀是個做生意的好地方，但也是很難做生意的地方。

這座城市人口眾多、消費力強，所以生意好做；然而，這座城市遍地貴族、勢力盤根錯節，所以生意難做。

對旅行商人這種居無定所的漂泊職業來說，巴爾汀是個危險大於機遇的地方，因此西格爾對首都並不是那麼有好感，以前總是小心翼翼地行動。

「啊啊——這就是命運——踏上光榮之路——」

然而，現在的西格爾卻是一邊哼歌，一邊腳步輕快地行走於首都街道。

或許是因為心情改變的關係，就連旅行商人的天敵——巡邏中的警備隊隊員——看起來都變得和藹可親了。西格爾真想拍拍他們的肩膀，對他們說聲辛苦了。

（哦哦，這可不行……似乎有點得意忘形了。）

路過商店櫥窗時，西格爾看見自己映在玻璃上的奇怪竊笑，於是試著抿緊嘴角。但是不管他怎麼努力，臉孔總是不由自主地浮現笑容。

（唉，這也是沒辦法的吧……）

西格爾怎能不高興呢？

就像賭博中了大獎一樣，在那種時候還能冷靜以對的人，不是精神世界強韌有如怪物，就是腦袋有問題的傢伙吧。西格爾自認兩者皆非，所以露出笑容也是沒辦法的事。

（沒錯……就是中了大獎！我的人生中了大獎啊！）

回想起前幾天發生的事情，西格爾仍然有種作夢般的感覺。

當時西格爾從莫浩然手中拿到資金後，便跑去處理物資籌備的最後手續，等他完成工作回到餐館後，卻赫然發現莫浩然等人正站在餐館門口，旁邊還多了兩個穿著樸素、但看起來很有氣勢的人物。

「呃，因為一些沒辦法跟你解釋的因素，我們要去首都了。要一起來嗎？」

莫浩然這句話讓西格爾嚇一大跳。

然而機敏的青年商人只是愣了一會兒，腦袋立刻高速運轉。透過自己的觀察、聽過的傳聞，以及想像力的補正，迅速描繪出最有可能的答案——桃樂絲一黨終於被國家招攬了！

「您這是什麼話！無論您去哪裡，小人必定跟隨到底！哪怕前方是怪物巢穴小人也一樣！」

西格爾立刻單膝跪地大表忠心，他才不會放過這個增加好感度的機會呢。

接著，莫浩然便在那兩名陌生人的帶領下，前往奇岡城的升降塔。

看到眾人走向銀光閃閃的浮揚舟時，西格爾更加篤定自己猜得沒有錯，幾乎興奮得渾身發抖。

當初西格爾之所以會追隨莫浩然，就是為了這一天。

他一直認為雷莫政府不可能放任桃樂絲一黨繼續流竄，遲早會伸出招攬的手臂，只是沒想到會這麼快……不，考慮到最近雷莫的情況，這或許是必然會發生的事吧？在這種人心混亂的時刻，越早招攬桃樂絲，對雷莫政府越是有利。

事實也證明，雷莫政府非常重視桃樂絲一黨，重視到甚至讓他們住進黑曜宮。

那可是黑曜宮啊！雷莫之王的住所兼辦公場所啊！這種超高規格的對待，正是桃樂絲一黨即將飛黃騰達的證明啊！這教西格爾怎能不高興呢？

（可惜沒機會摸摸黑曜宮的柱子……）

想到這裡，西格爾遺憾地嘆了一口氣。

除了西格爾，其他人都住進黑曜宮了。

這也是沒辦法的事，西格爾只是一個沒有魔力的凡人，根本沒有資格踏入那樣的至高場所。

若是讓西格爾一人流落街頭，莫浩然這個老大也就幹得太失敗了。

於是他讓西格爾住進了外城區最豪華的旅館「黃金花園」，並且吩咐他一件重要工作，那就是收集情報。

莫浩然無法離開黑曜宮，單靠亞爾卡斯等人提供情報的話又不太放心，因此只能將這件事交給西格爾，若是形勢不妙，便立刻逃離首都。

西格爾完全不清楚內情，他還以為莫浩然是為了更好更快地融入貴族社會，才會要他做這些事的。

就這樣，青年商人行動了。

西格爾只是個旅行商人，他的人脈自然全是凡人，跟貴族搭不上邊。

但是，那些生活在灰色領域的人們就不一樣了。他們可說是最接近貴族的凡人——並非能力，而是生活。

貴族也有食衣住行的需求，單靠內城區的生產能力不可能滿足所有貴族，因此只能由外城區補足，貴族數量越多的城市越是如此。只要有所接觸，情報就會由一個人流向另一個人。

某個貴族的一舉一動有可能被家裡的侍女、園丁、廚師或傭人無意間洩漏出去，然後流到「地下秩序維護者」耳中。他們會大量收集這些看似不起眼的情報，從中剝離出有價值的事物，然後用它來大賺一筆，或者作為保命底牌。

西格爾正好認識一個這樣的人。

西格爾根據記憶，走到了一間裁縫店門口。

這間裁縫店看起來平平無奇，外觀就跟四周的店面一樣毫無特色。西格爾進入店裡，一位看似老闆娘的中年婦女正在接待另一位客人。

「歡迎光臨。請問需要什麼嗎？」

老闆娘轉頭問道。

「我要買一根針，最黑的那種。」

「抱歉，我們這裡的針是不賣的，那是做生意的道具。」

「一百夸爾特夠不夠？」

「一百夸爾特買一根針？你有病啊？」

「一百銀夸爾一根呢？」

「你瘋了嗎？一根針而已。算了，給你，免費。」

老闆娘不耐煩地走到櫃檯那裡，拿了一根黑針給西格爾。西格爾滿意地離開了，臨走時，聽見老闆娘正對那位客人說話。

「這人看起來腦子不正常，趕快打發他走比較好。」

接著西格爾走到一間鞋店，這間鞋店正好位於裁縫店的正後方。店裡的年輕人看見西格爾手上的黑針，用下巴指了指通往二樓的樓梯。上樓前，西格爾順手將針釘入樓梯口的軟木墊。

至此，一整套的身分認證流程才算正式結束。

老實說，西格爾覺得很煩。他覺得應該採取更簡便的方式才對，但這是對方老大定下的規矩，他也只能乖乖遵守。

鞋店二樓的客廳中坐著兩名壯漢。西格爾無視兩人的凶狠眼神，直接走進最裡面的房間。

這是一個類似辦公間的房間，房間裡有一名老人正坐在辦公桌後面，一邊抽菸斗、一邊看文件。

老人的年紀看起來約莫五、六十歲，頭髮雖已灰白，但身材壯碩，眼神有一種深不見底的混濁感。當老人抬頭看過來的時候，西格爾有一種被野獸盯上的感覺。

「這不是黃金角笛的第六代嗎？好久不見啦。坐那邊，別客氣。」

老人態度和善地跟青年商人打招呼，同時用菸斗點了點一旁的沙發。

「的確好久不見了，虎爺。」

西格爾邊說邊坐下。被稱為虎爺的老人發出沙啞的笑聲，但眼中完全沒有笑意。

「……有了靠山，膽子就變得不一樣了嘛，第六代。記得以前來我這裡，你連坐都不敢坐。」

光是這句話，西格爾就確定虎爺已經知道自己的底細了。這個男人的情報能力就是如此犀利，這讓西格爾更加相信自己沒找錯人。

「因為我不能讓主人蒙羞嘛。」

「哦？你這傢伙，決定當貴族養的狗了？黃金角笛的招牌可是會哭的。」

「總比當隻沒人要的野犬要好得多，你說是不是呢？」

虎爺瞇起雙眼，就連表面上的笑容也不再維持。西格爾感覺得出來，眼前的老人動了殺意。

青年商人只是平靜地與老人對望。

他知道，此時自己絕不能退縮。

眼前的老人乃是巴爾汀勢力最大的「地下秩序維護者」之一，其手臂之長，甚至可以深入內城區。

能夠在首都存活下來，意味著虎爺絕不是一個只懂得用武力解決問題的人。這個老人大膽、狡猾且謹慎。他一邊努力結交高階貴族，一邊利用高利貸控制低階貴族，是個非常難纏的人物。

如今的西格爾不是以「黃金角笛．第六代」的身分來此處，而是代表「桃樂絲一黨」，要是他在此時露出怯意，虎爺將會把他們劃入「獵物」的分類。一旦逮到破綻，就會死死咬住獵物不放，這是虎爺的一貫作風。

西格爾與虎爺就這樣互不相讓的對瞪，彷彿要從彼此的眼中挖出某些秘密。

最後，虎爺笑了。

「看在第五代的面子，剛才的話我就當沒聽過。」

這當然是假話。在老人眼中，黃金角笛根本什麼都不是。這句話只是給雙方一個臺階下，同時也意味著他承認了西格爾背後的靠山的分量。

「那麼，第六代，你想跟我做什麼生意？」

「情報。我想知道首都貴族的所有動作。當然，在你能探聽到的範圍內。」

「哦——？」

虎爺意味深長地看著西格爾。

「這個，很不便宜啊。」

「我們不會給錢。」

虎爺挑了挑眉毛，但沒有說話。

「但是，我們會給你更好的東西，也就是你不知道的情報——關於『我們是誰』的情報。」

「哈啊？情報交換？別鬧了，第六代。這樣子對我有什麼好處呢？你到底會不會做生意？」

「不但可以得到你原本沒有的東西，而且已經擁有的東西也不會減少，我覺得是很划算的買賣。」

「划算個屁！給我滾出去！」

「別裝了，虎爺。這可是獨家買賣。」

面對老人的怒火，青年商人毫不畏懼，態度充滿了自信。

情報這種東西，可以貴如寶石，也可以賤如雜草。只有在適合的時機、適合的場所加上適合的人，情報才會被賦予價值。

現在「女王回歸」這件事已經是全首都，甚至是全雷莫最大的新聞。跟著女王一起回歸，而且還受到高規格款待的桃樂絲一黨，自然也是眾人的目光焦點，關於她們的情報不可能沒價值。

見騙不到西格爾，虎爺低哼一聲。他的表情看似惱怒，其實完全沒有生氣。虎爺正在思考，思考這場交易背後的意義。

（出賣自己的情報來交換情報……桃樂絲想幹什麼？住進黑曜宮，等於接受女王的庇護，沒有女王的允許，她不可能……不對，難道這是女王的意思？女王在下一盤棋？我被當成工具了……？）

一般人要是知道自己被利用了，通常會勃然大怒，但這也要看算計自己的人是誰。

如果這真是銀霧魔女的謀劃，那麼只要幹好道具的職責，自己也會進入莎碧娜的視野。

那可是王者的視野。

這一刻，虎爺覺得彷彿有金幣在耳邊叮噹作響。

「成交。」

虎爺露出凶狠的微笑。

※◆※◆※◆※

雷莫與亞爾奈的國境線，由北至南分為大河、平原與山脈三種地形。

以防守難度來說，平原地形自然最高。然而亡者之檻——俗稱「魔王墳墓」的死亡之地——正好位於此處，因此這片平原無論是天空或大地都充滿怪物，堪稱是最差的進攻路線。

亞爾奈公爵克拉倫斯·哈帝爾選擇從北側進攻雷莫。

哈帝爾率領的兵力共有五百人，配備了戰列艦一艘、浮揚舟四艘、以及移動空獸二十頭。

以地球的概念來看，這樣的數字根本算不了什麼，但若對傑洛的歷史文化與用兵學有點認識的話，就會知道這樣的兵力有多可怕。

首先是硬體，也就是兵器部分。

所謂的戰列艦，簡單說來就是「飛行航空母艦」。傑洛怪物橫行，城市變成了人類唯一的社會行政單位，在這種情況下，戰爭的焦點自然集中於如何攻占城市，其中也包括了補給。

怪物的存在，為補給工作帶來了難以言喻的壓力。補給的難度，隨著軍隊與城市的距離呈等比級數上升。沒有補給是打不了仗的，因此軍隊無法離開城市太遠。

戰列艦便是為了克服補給問題而出現的「移動型據點」，同時也會配置足以破壞魔力護壁的重火力，因此一旦啟用了戰列艦，可以說幾乎沒有打不下來的城市。

接著是軟體，也就是人員部分。

指揮官是公爵哈帝爾，副官是伯爵卡薩姆，另外還有子爵四人、男爵二十人、騎士兩百人。其餘皆是士兵，也就是無魔力的凡人。

在傑洛，左右戰爭勝負的是魔法師。魔導兵器雖然增加了凡人與低魔力者在戰場上的話語權，但致勝的關鍵仍然掌握在高魔力者手上。

一千名騎士也比不上一位伯爵，高階魔法師的數量與軍事力的強弱是劃上等號的。光是哈帝爾一人，就抵得過數萬人。

戰列艦加公爵，證明亞爾奈這次是玩真的。

雷莫曆一四〇六年，始夏之月十五日，哈帝爾率軍突破國境線，正式進攻雷莫。哈帝爾僅花費一天就攻下雷莫邊境城市托朗，然後在進攻第二座城市時被迫停下腳步。

擋在哈帝爾面前的，正是雷莫雙壁之一——英格蘭姆·亞爾卡斯。

「比想像中來得快呢。」

卡薩姆坐在戰列艦的甲板圍欄上，一邊搖晃雙腿、一邊說道。哈帝爾就站在他的旁邊，沉默地看著遠方的城市。

由於雙方正處於對峙狀態，為了節省能源，亞爾奈軍便將戰列艦停留於地面。為了爭取敵軍來襲時的升空時間，戰列艦降落地點距離城市大約三十公里。

「我說大叔，你的判斷是不是錯啦？對面看起來反應超快的，一點也不像老大不見了的樣子。」

卡薩姆轉頭詢問，口氣一點也不像是在跟上司說話。

沒有任何一個軍事長官能容忍下屬用這種無禮的態度對待自己，卡薩姆之所以能這麼做，除了哈帝爾的器量夠大外，還有卡薩姆今年才十二歲這個原因。

「這也在預料之中。」

哈帝爾一臉冷淡地回答了年幼副官的疑問。

「預料之中？真的嗎？大叔你確定？你之前不是說對面的女王不見了，下面就會亂成一團？現在人家的公爵──呃，叫什麼名字？算了。人家的公爵這麼快就跑來了，你的那個消息真的沒錯嗎？」

哈帝爾沒有回答這些問題，只是從褲子口袋裡面掏出一張折成數折的紙，並且將它交給卡薩姆。

「這是什麼東西……雷莫間諜傳回來的消息？不是吧大叔！你把這個就這樣放在褲子口袋？」

「不是什麼機密的情報。」

「那也不能這麼搞吧？保密程序是……唔姆，算了，你是老大，你說了算。」

卡薩姆決定放棄爭辯。跟掌握規則的傢伙談論規則，實在是一件很沒意義的事。

紅髮少年攤開紙張，開始閱讀裡面的情報。

原本這些情報需要用密碼解讀，但哈帝爾給的是破譯好的版本。然後，卡薩姆睜大了眼睛。

「喂喂喂，這是什麼鬼啊……！」

紙上寫的，是關於雷莫首都巴爾汀的情報，時間是兩天前。如果考量到戰場的封鎖情形，這份情報能夠這麼快就傳到哈帝爾手上，可見亞爾奈在雷莫建立的間諜網絡非常優秀。

然而這份情報帶來的，並不是什麼好消息

「雷莫的老大回來了，還帶著那個叫桃樂絲的一起回來？偶然遇到的？受到對方的幫忙？近身侍衛？王宮的貴賓？獸人族的公主？什麼跟什麼，亂七八糟的！這是哪來的冒險小說啊？」

卡薩姆皺眉唸出紙上的東西，同時露出了難以置信的表情。幸好他還記得這是機密情報，壓抑了自己的音量。

根據紙上的說法，數天前，莎碧娜突然出現在黑曜宮，正式對外宣告女王的回歸。同時，她還帶回一群客人。

莎碧娜聲稱她的死亡流言乃是一場「令人遺憾的誤會」。

事實的真相是：她與庫布里克公爵聯手策劃剿滅亞爾奈間諜，並且發現亞爾奈間諜與叛亂組織晨曦之刃彼此勾結。

她在追擊逃出城外的間諜殘黨時，因浮揚舟突然發生事故而迫降，然後湊巧遇到了通緝犯桃樂絲一黨，最後在對方的協助下回到首都。

莎碧娜撤消了通緝令，接著，除了邀請桃樂絲一黨在黑曜宮作客，還賜封桃樂絲為貼身侍衛。

由於獅子族獸人的公主與桃樂絲交情深厚，因此在桃樂絲的居中協調下，雙方正在進行非官方的交流，希望能夠促進雷莫與獅子族的友誼……

「這種不自然到了極點的奇遇，簡直跟三流冒險小說的劇情一樣啊！就是那種因為不知道故事怎麼掰下去，只好寫一堆胡扯的劇情跟牽強的解釋。我最討厭這種騙字數的發展了！」

「……你對這個領域好像很熟嘛？」

「哼哼，大叔你還不知道吧？我小時候的志願就是成為小說家哦！」

你現在也還沒成年吧？哈帝爾的眼神彷彿如此說道。不過他沒有指出紅髮少年的語病，只是回答「這樣啊」而已。

「不過，這樣很不妙吧，大叔？雷莫女王回來了，這次的作戰不就失敗了？身為作戰提案者，你的立場……」

卡薩姆沒有把後面的話說出來，但任誰都聽得出來他的意思。

亞爾奈這次的進攻計畫，完全是基於哈帝爾探聽到的情報——雷莫女王莎碧娜下落不明——而決定的。哈帝爾不僅是提案者，更是執行者，一旦作戰失敗，他自然要負最大責任。

「已經奪下一座城了。」

哈帝爾的表情依舊冷靜，看起來一點也不擔心會受到其他人的指責。但卡薩姆卻不這麼樂觀。

「是『只』奪下一座城吧？大叔親自出馬，還動用了戰列艦，但是戰績卻只有一座城，這樣根本不夠啦！而且從整體防線來看，奪下的城市太過深入了，很難守住，一旦我們撤軍，很容易就會被奪回去。」

將領能否獨當一面的關鍵，在於是否懂得戰略與戰術之間的差異。奪下城市屬於戰術上的勝利，但在戰略上沒有益處，甚至可能變成負累。卡薩姆雖然才十二歲，卻很明白這個道理。

亞爾奈這次的戰略目標，是趁雷莫混亂之際盡可能地推進防衛線。按照原本的計畫，至少要打下三座城市才算達成目標，若是陷入長期對峙的情況，就算奪下一座城也算失敗。

「是這樣沒錯。」

「什麼叫『是這樣沒錯』？現在不是你裝酷的時候啦，大叔！你要快點做出決斷才行！進攻也好，求援也好，都比現在這樣的情況來得強啦！」

卡薩姆認為雷莫女王剛回歸，還沒完全穩定國內局勢。趁這個時候發動強攻，還是有機會擴大戰果的，不然就是請求本國送來更多兵力，用兵分多路的戰法打亂雷莫軍的布署。總之就是要做出行動，再拖下去只會平白送給敵人喘息的時間。

「不，像現在這樣就好。」

然而，哈帝爾拒絕了副官的建議，同時從對方手中抽回那張紙。

「咦？為什麼？現在這樣明明就是最糟的情況吧？」

「很快就會改變的。」

拋下有如預言般的話語，哈帝爾轉身離開。

望著上司的背影，卡薩姆開始思考。

眾所皆知，哈帝爾是一位秘密主義者。

他總是沉默地安排一切，尤其擅長編織有如蛛網般一旦陷入就無法逃脫的計謀。難道說，這次他也安排了「什麼」嗎？

「真是的……有個愛騙人的上司，還真是讓人頭痛。」

卡薩姆脫下軍帽，用力搔了搔那頭明亮的紅髮。他的嘴巴雖然在抱怨，表情卻充滿期待。

# 偽裝日 03

## 女王與女王的客人

最後，「那個人」死去了。

懷抱著改變世界的夢想，最後卻什麼都做不到的死去了。

但，事情並未就此結束。

「那個人」所背負的東西並未隨著死亡消失，透過將名字銘刻於世界深處的手段，其意志以另一種形態存留於世。

於是，「那個人」的意志吸引著渴求力量的人們。

有時是想要出人頭地的野心家。

有時是滿懷憎恨與破壞欲望的復仇者。

有時是急欲證明自己的年輕人。

有時是悲嘆終其一生一事無成的老人。

不論男女老少，不論動機意圖，凡是接觸到「那個人」的意志的人們，最後都會被同化。

而隨著時間的經過，「那個人」的意志不斷成長，力量也變得越來越強。

某一天，某個天資橫溢卻懷才不遇的魔法師接觸了那股意志。他接受了那股意志所懷抱的理想與力量，為世界揭開了動亂的序幕。

「既然魔力代表一切，那麼就服從我吧。」

那名天才魔法師如此說道，然後向世界發出了挑戰。

這場動亂持續了好幾年，最後以天才魔法師的敗北作為結束。

天才魔法師死了。

但，「那個人」的意志還在。

它在等待。

等待著能夠像那位天才魔法師一樣，勇於挑戰世界的人。

等待著能夠做到自己做不到的事，能夠改變世界的人。

然後，它遇到了兩個人。

那兩個人的名字，正是——

※◆※◆※◆※

莫浩然醒了過來。

睜開雙眼，雕著繁複花紋的挑高天花板頓時映入眼中。那些花紋不只是裝飾，背後更隱藏著無數紋陣，為這個房間提供最完善的保護。移動眼球，從窗簾縫隙透入了一絲陽光，可以知道外面脫離了黑夜的掌握。

牆上的掛鐘——精細程度完全不輸地球的工藝品——顯示現在時間是六點十七分。

莫浩然從床上爬了起來。

這張床位於主臥室外面的隔間，原本是讓侍女待命與休息用的地方。為了方便服侍女王，兩個房間之間沒有牆壁。

由於莫浩然如今是「女王近侍」，這個身分同時兼具侍衛與侍女兩種身分，因此自然必須睡在這個房間。他從床上坐起來，轉頭看向主臥室，看見擔任女王替身的零正坐在椅子上監視著自己。

女王近侍其實是一件很辛苦的工作，必須徹夜保持警醒以便隨時聽候傳喚。如今身為近侍的莫浩然在床上呼呼大睡，身為女王的零卻沒有睡覺，兩邊的立場完全反過來了。想到這裡，莫浩然稍微生出了一點罪惡感。

零姿勢端正地坐在床邊的椅子上，身上的睡衣一點也不凌亂，被子也沒有動過，各種跡象都表示了她昨晚根本沒有上床睡覺。

莫浩然倒是沒有睡衣凌亂的顧慮，雖然他穿著襯衫睡覺，但外面只要披上一件軍服就好。

他穿上靴子，把掛在椅背的衣服穿上，然後是掛著劍的皮帶，最後對著置於室內的等身高穿衣鏡整理頭髮。因為已經很熟練了，這一連串的動作並沒有花上多少時間。

「早。」

莫浩然走到主臥室，舉手跟零打招呼。

「……早安。」

零也輕聲回應了莫浩然。

「唔……時間差不多了，該做一下那個了。」

莫浩然看了一下牆邊的大鐘說道。

零無聲地站了起來。

接著莫浩然跳到床上翻滾，也就是弄亂床鋪，偽造有人睡過的假象。自從入住黑曜宮後，這已經是他每天早上必做的功課了。要是床鋪太過整齊，整理房間的侍女必定會起疑，到時恐怕又會引起什麼奇怪的流言。

他曾問零為什麼不自己來，零的回答則是：「不想做這種事。」

莫浩然覺得這應該是心理因素在作祟。雖然能容忍別人這麼做，自己卻無論如何都下不了手……大概就是類似這樣的感覺吧。

在適度地弄亂了床鋪後，莫浩然走到主臥室的門口。推開門扉，便見到站在門外等待的四名女僕，更旁邊則是守門的衛兵。

「咳，陛下已經起床，可以進來了。」

女僕們低頭行禮，然後安靜地走入臥室，為女王進行更衣的工作。

這個工作起碼要耗費半小時，更糟糕的是莫浩然基於職責不能隨便離開，因此他只好望著牆壁發呆。至於欣賞更衣場景什麼的，在持有無性別身體的情況下做那種事，只會讓自己覺得空虛而已。

「……喂，上面的，聽得到嗎？」

因為實在太閒了，所以莫浩然試著呼喚頭上的大法師。之所以不叫名字，是為了避免被人聽見。

「什麼事？」

過了一會兒，傑諾回答了。

「好無聊啊，說個笑話來聽聽吧。」

「我說你啊……稍微有點緊張感可以嗎？」

「都已經十天了。要是一直保持緊張，身體可是會受不了的。」

莫浩然一行人入住黑曜宮的日子，已經堂堂邁入了二位數。

一開始的那幾天，莫浩然的確非常緊張。不但要面對陌生的環境、人物與事物，而且還不能犯錯，壓力大到他覺得胃都在痛了。

但該說是幸運嗎？在他差點犯下錯誤時，頭上那位大法師總會及時提醒，將他從懸岸邊緣拉回來。

最重要的是，此次計畫的關鍵並非莫浩然，而是扮演女王的零。只要零的行動沒有問題，其他人就算犯再多錯也無所謂。

就像亞爾卡斯說的一樣，零扮演的女王完美無缺。

平時零那種完全不理人、毫無社交性可言的冷淡態度，在這時反而變成了符合支配者應有之氣質的證明。莫浩然甚至聽見侍女們說「陛下比以前更有威嚴了」這種讓人啼笑皆非的感想。

（不過，這種日子不可能持續太久……）

扮演女王的計畫雖然順利，卻也不是全無問題。

零在「女王的日常行為」這方面沒有穿幫的危險，但她無法處理「女王的工作」。

無論是王者或下級官員，需要面對的事務大致可分為兩種：確認性事務與決策性事務。前者只需要在文件上蓋蓋章就好，後者牽扯到的東西就很多了，像是開會協調、跟眾多有力貴族打交道、勾心鬥角……無論哪一種，都不是零能夠搞定的。

這種決策性事務，札庫雷爾既不敢幫忙，也不可能讓零介入。札庫雷爾可不想等莎碧娜回來後，被扣上一頂名為謀反者的大帽子。

莫浩然對此很能理解。以前在夜總會打工的時候，有一次蛇哥出國度假，某個手下擅自幫店裡訂了一批酒，後來蛇哥把那個手下送進醫院了。除非是緊急情況，否則上位者絕不會饒過侵犯自身權力的人。

由於零沒辦法處理決策性事務，因此只能將這些工作壓住，等莎碧娜回來再處理。然而，這種情況要是持續太久，國家將會陷入混亂。

（不知道里希特那邊有沒有進展……）

就在莫浩然思考這些事情時，聽見後方傳來咚咚咚的敲門聲。

莫浩然把門推出一條縫隙，看見了門外衛兵的臉。

「桃樂絲小姐，這是陛下今天的預定行程與護衛計畫，請您過目。」

衛兵小心翼翼地從門縫遞來一份文件，莫浩然一臉無奈地接下它。雖然曾跟他們說過「這種東西不用給我看」，但對方還是天天遞過來。

這些衛兵是莎碧娜的親衛隊，負責保護莎碧娜的安全。

原先的親衛隊隊長哈里斯落到了庫布里克公爵手中，至今仍未脫困，因此工作暫時交由副隊長伊爾全權負責。

伊爾對於莫浩然這位突然冒出來的女王近侍，完全不知道該怎麼處理才好。

莫浩然的工作內容與親衛隊高度重疊，卻又不歸親衛隊管轄。

伊爾雖然提出了將莫浩然歸入親衛隊指揮體系的建議，但被否決了。伊爾為此頭痛了一個晚上，最後只好採取這種折衷作法——將我們的資料公布給妳，之後妳幹妳的，我做我的，等出了事再說。

從旁觀者的立場來看，伊爾的作法實在太過輕率，尤其這還是事關君主安危的安全保障工作，但其實他也是不得已的。

在伊爾眼中，莫浩然不僅實力堅強，與女王的親近程度也非比尋常，哪一天被提拔為親衛隊隊長都不奇怪，他可不想冒著惹惱未來上司的風險做事。

（可是就算給我這個，我也完全看不懂啊……）

伊爾的苦心顯然白費了，因為莫浩然根本看不懂這個世界的文字。莫浩然裝模作樣地翻了翻文件，然後還給門外的衛兵。

「我知道了，謝謝。」

莫浩然向衛兵道謝，衛兵則謹慎地回了一禮。這名衛兵也知道眼前的白髮少女將來很可能變成自己的上司，態度異常恭敬。

過了不久，零的更衣工作也同樣接近尾聲。

女王的一天，就此開始了。

※◆※◆※◆※

「早安，小桃桃！啊，還有零……陛下，早安——！」

當莫浩然與零走入用餐的房間時，一道活力十足的聲音立刻迎面撲來。

只見紅榴抖動著獸耳，站在椅子上朝兩人用力揮手。站在牆邊待命的侍女們忍不住皺眉，但礙於對方是身分尊貴的客人，所以只敢暗中腹誹。

伊蒂絲一邊嘟噥著「吵死了，妳這笨貓！」，一邊把椅子向旁邊拉開了一點點，由於這也是欠缺禮儀的行為，侍女們的眉頭皺得更深了。

「赫伯特．札庫雷爾向您問安，陛下。」

一名同樣坐在餐桌旁的中年男人站了起來，以如同禮儀教科書般的姿勢躬身行禮。

侍女們見狀總算舒展眉毛，並且露出了摻雜優越感的微笑，這時想必她們腦中正想著「這才叫上流社會的教養，好好學著點，俗人！」之類的事情吧？

零輕輕頷首代替招呼，然後走到自己的席位，以優雅的動作坐入椅子。莫浩然也坐進自己的座位。

照理來說，侍衛是不可能有座位的。正因為莫浩然被破例賦予了這樣的特權，所以黑曜宮上上下下都認為「桃樂絲」遲早會受重用。

「大家早安。妳們今天也起得很早嘛，札庫雷爾先生也是。」

莫浩然向眾人打招呼。

「是妳們太晚了啦，我都吃完三盤了。」

「因為換衣服很花時間嘛。」

「會嗎？明明直接穿上就好啦？」

「妳懂不懂打扮這兩個字要怎麼寫啊，笨貓。」

在等待餐點送上來的空閒時間，眾人彼此閒聊。

紅榴與伊蒂絲如今的身分是女王的客人。既然是客人，自然必須全力招待，而這份心意也同樣體現在衣服上。

由於兩人原先的衣服太過寒酸，要是讓她們穿成那個樣子到處亂跑，只會拉低黑曜宮的格調，因此侍女們為兩人準備了可供更換的各種衣物。從禮服到貼身內衣一應俱全，更可怕的是尺寸全都剛剛好。

既然對方都準備到這種地步了，紅榴與伊蒂絲也沒有拒絕的道理。兩人現在穿的正是侍女們準備的衣服，紅榴是綴有金色流蘇的紅色禮服，伊蒂絲是露肩的白色禮服。

札庫雷爾沒有介入眾人的對話，直到侍女們送上早餐後，他才用咳嗽打斷眾人對話，然後開啟魔導道具「天地無音」。

「里希特與亞爾卡斯那邊傳來消息。」

札庫雷爾帶著輕鬆的笑容說道，這是為了營造他們正在談笑的假象。要是在這裡露出凝重的表情，沒多久又會傳出令人頭痛的流言了。站在牆邊的僕人們為了不錯失服侍的時機，正目光炯炯地看著他們。

「首先是里希特。他已經成功潛入撒謝爾城，不過還沒找到線索。」

「花了十天才混進去？太慢了吧，他不是會隱形嗎？」

「隱密之型也不是萬能的，何況庫布里克公爵必定會加強城市的交通管制，里希特的動作已經算快了。」

札庫雷爾故作悠閒地喝了一口茶，然後才開口解答莫浩然的問題。雖然這位陸戰元帥一直以剛直的形象示人，但最近他的演技越來越好了。

「我們故意承認庫布里克公爵的說法，將整件事塑造成他希望的模樣，除了試探他之外，也是為了幫里希特製造機會。現在不僅兩件事都辦到了，還有了預想中最好的結果。我覺得這是一件值得高興的事。」

在札庫雷爾等人的安排下，女王回歸黑曜宮的隔天，便公開對外說明了這次事件的經過。

其中最讓大家驚訝的，就是女王承認了庫布里克公爵的說法——她確實是與庫布里克公爵聯手誘殺亞爾奈間諜。但是，其中摻雜了更多東西。

這場誘殺行動出現了意料之外的失誤，那就是亞爾奈間諜與反叛組織晨曦之刃勾結，導致庫布里克公爵重傷，亞爾奈間諜逃離了包圍網。莎碧娜追擊，卻因浮揚舟發生事故而迫降荒野。最後巧遇桃樂絲一黨，並在桃樂絲一黨的幫助下回歸首都。

之所以發表這種聲明，是為了試探庫布里克公爵是否知曉莎碧娜的下落。

如果莎碧娜真的死在庫布里克公爵手中，那他應該會迫不及待地跳出來，指責現在的女王其實是假貨。

當然，事情若是真的演變至此，札庫雷爾等人也準備了對應的計畫。

然而，庫布里克公爵遲遲沒有反應，這讓札庫雷爾等人更加確信當初的推測，莎碧娜必定還活在世上。

「至於亞爾卡斯那邊，正與亞爾奈軍陷入對峙狀態。對方似乎打算進行長期戰，這對我們來說不是好消息。」

若是哈帝爾不退，亞爾卡斯就不得不一直駐守前線，再加上札庫雷爾必須坐鎮首都，他們這一邊完全失去了應對情勢變化的餘裕。

札庫雷爾帶著笑容嘆了一口氣。

「不過形勢雖然嚴峻，但比起以前那種束手無策的局面要好得多了。現在我們能做的，就是努力維持現狀，等里希特那邊的消息。」

「也就是先做好自己能做到的事，對吧。」

「嗯，沒錯，這就是我們要做的工作。先做好自己能做到的事嗎？真的是很不錯的一句話。說得真好，桃樂絲小姐。只要大家都做好自己能做到的事，再大的問題都能解決。」

「呃，謝謝……」

「把能做到的事先做好」——這是莫浩然的座右銘，他沒想到札庫雷爾會如此欣賞這句話，反而讓他覺得很不好意思。

「既然桃樂絲小姐覺得我們應該盡量把能做到的事都做好，那麼我想稍微談一下關於紅榴小姐與伊蒂絲小姐的問題。」

札庫雷爾話鋒一轉，將矛頭指向正在悠閒享用早餐的兩人——更正確的說法，是光顧著大吃大喝的紅榴，以及完全不碰刀叉、從頭到尾只喝水的伊蒂絲。

這兩人從啟動魔導道具後，就完全沒有加入討論的意思。伊蒂絲甚至不知從哪裡掏出了小說，一臉專注地閱讀著。

這時，聽到札庫雷爾提到自己的名字，紅榴與伊蒂絲總算抬起頭。

「雖然准許兩位自由行動，但我們也必須考慮外人的想法。最近外界對於兩位的身分開始感到困惑，我想在有心人拿它作文章前，先行處理掉。」

由於零不肯讓莫浩然離開自己的視線範圍之外，因此只好為莫浩然安排一個近侍的職務。至於紅榴與伊蒂絲，則是以「女王的客人」來處理。

但就算是客人，也有所謂的「禮遇的限度」。

擁有最高通行權金卡、將廚房與藏書室搞得一團亂、扔掉貴族寄來的邀請函、對在黑曜宮工作的官員言行無禮……紅榴與伊蒂絲的種種行徑，引起了「女王為何對兩人如此容忍？」的疑問。

獸人原本就與人類不太和睦，伊蒂絲同樣來歷不明，說穿了，這兩人根本就是徹頭徹尾的可疑分子。

就算對女王有恩，但禮遇到這種程度也未免太過分了一點。難道這其中隱藏了什麼不能說的秘密嗎？貴族們不禁如此猜想。

「最簡單的作法，就是像桃樂絲小姐一樣授予職務，只要營造出妳們屬於這個體系的形象……」

「我才不要喵！」

「太麻煩了。」

紅榴與伊蒂絲想也不想就拒絕了。札庫雷爾也點了點頭，一副「我就知道妳們會這麼說」的表情。

「我想也是。而且若是真的授予職務，伊蒂絲小姐就先不提，紅榴小姐就很難處理了。雖然我們與獸人的關係這一年來有所緩和，但距離彼此信任的程度還很遙遠。要是授予官職，一方面不知道該給妳什麼職務才好，另一方面也得顧慮獸人的反應。」

「哼哼，不過是傻牛、蠢狼跟笨狗罷了。我做什麼事還輪不到他們來管。」

紅榴驕傲地挺起胸膛。

獅子族在獸人之中聲望極高，地位有點類似地球古代的戰國大諸侯。

雷莫境內的獸人主要是甲牛、刀狼與角犬三個部族，他們對獅子族非常信服——也可以說是畏懼。

「另一個方法，就是請妳們做一些……唔，該說是解除疑心的行動嗎？例如參加貴族宴會之類的事。不過這太危險了，我不建議。」

要是讓紅榴與伊蒂絲接觸貴族，無疑會加大計畫失敗的風險。雖然不乏抱著純粹的好奇心而發來邀請函的人，但另有企圖的傢伙無疑更多，其中甚至還有法魯斯伯爵這種一看就知道心懷惡意的角色。

「還有其他方法嗎？」

「有的，還有最後一招。」

札庫雷爾臉上的笑容加深了。這不是演技，而是那種找到了迷宮出口時才會出現的笑容。

「解決之道，就在明天的院議。」

「院議……啊，是那個嗎？一大群人聚在一起開會……跟立法院沒兩樣的……」

莫浩然回想起當初以女王近侍的身分第一次參加院議的情況，那是零假扮女王第三天時發生的事。

站在高臺上面接受貴族們的注視，被近百道目光緊緊盯住不放，那可真是令人難受的經驗。

「立法院？」

「不，沒事。」

「立法啊……說得也是，院議的工作內容的確跟那個差不多。桃樂絲小姐很擅長把握事物的本質呢，不過院議的力量其實涉及更多方面。多參加幾次妳就會了解。」

因為不是很有興趣的話題，所以莫浩然只是「哦」的一聲敷衍對方。別說是多參加了，可能的話，他根本不想靠近那種地方。

「那麼，時間也差不多了。在下先行告辭，希望各位今天也謹言慎行，盡量不要惹麻煩。」

札庫雷爾起身向零行了一禮，然後關閉魔導道具，英姿颯爽地離開了。

※◆※◆※◆※

札庫雷爾離開後不久，莫浩然一行人也吃完了早餐。

這時大秘書官帕爾特從門口走進來，時機準確到像是早就在門外等候一樣。帕爾特後面跟著兩名官員，三人手中都拿著厚厚的記事本。

「早安，以至高無上的魔力祝福您，陛下。請您移駕至辦公室。」

於是莫浩然與零從椅子上站起來，在場所有僕人全部低頭恭送女王的離去。帕爾特緊跟在後，兩名官員則是留了下來。

「早安，以至高無上的魔力祝福兩位。不知兩位今日有什麼計畫呢？」

其中一名官員率先開口了，他詢問的對象正是紅榴與伊蒂絲。

紅榴與伊蒂絲是女王的貴賓，為了更好地完成接待工作，帕爾特特地派了兩名官員給她們，要是有什麼需求，只要交代下去他們就會盡力安排。

老實說，這是一份苦差事。

對於這一類的接待任務，這兩位官員已經做過很多次了，屬於經驗豐富的老手。帕爾特對兩人的評價也很高，否則不會派他們負責這項任務。

然而堪稱接待高手的兩人，在面對紅榴與伊蒂絲時卻處處碰壁。

若問原因的話……

「唔——沒有計畫耶。應該會像之前一樣，隨便逛逛吧？」

紅榴側頭想了一會兒，然後給出了有跟沒有一樣的答案。

打開記事本準備抄寫的兩位官員動作同時一頓。因為低著頭的關係，沒人看見他們此時的表情——咬牙切齒、眼角抽搐、額冒青筋。

對於負責接待工作的人來說，最討厭的就是這種「沒有目標的自由行程」。

以往他們所接待的客人，至少最晚都會在當晚告知隔日的去處，好讓他們進行各種安排，對相關單位事先打聲招呼。畢竟有些地方不是想去就能去的，突襲式的拜訪只會給人帶來困擾。

偏偏紅榴老是選擇這種自由行程，而且還喜歡甩掉衛兵與僕人，獨自一人跑得不見蹤影，他們兩人為此挨了不少罵，抱怨信與求償信更是如雪片般飛來。因為工作壓力過大的關係，兩人最近都得了胃痛的毛病。

但要是在這裡退縮，那他們也不配被稱作精英官員了。

兩名官員同時抬頭，瞬間變回原來的冷靜表情。經過這幾天的教訓，他們也多少累積了一點心得。

「我知道了。既然如此，在下推薦您今天不如去風花林園一遊如何？那是王家專屬的花園，風景非常優美。裡面種植了珍貴的四色木，會隨著不同氣候綻放不同的花朵。一邊欣賞花海，一邊享用烤肉，想必會是一件人生樂事吧。」

「在下認為白碑聖庭也是一個好選擇。那是王家專屬的墓園，站在丘陵之上俯瞰城市，心情會變得非常舒暢，用起餐來也會格外愉快。」

兩名官員分別推薦了一處景點。

若是仔細聆聽，可以發現兩人的介紹重點都擺在「王家專屬」與「用餐」上面。前者是因為王家專屬的地方不用跑手續，只要女王一紙手令即可；後者是為了引誘獸人少女上鉤。

「……這樣啊？那就去風什麼園的吧。」

「是的！立刻幫您安排！」

兩位官員頓時精神一振。只見其中一人在記事本上猛抄，另一人則笑容滿面地詢問伊蒂絲。

「請問您今天有什麼計畫嗎？」

「等一下我要去圖書室，下午想去外城區走一走。」

抄寫的官員停下了筆，詢問的官員笑容當場僵住。

這也是非常令人困擾的行程。

圖書室還好說，但前往外城區那種地方，而且還沒有指定明確地點，勢必會引起大騷動。

根據雷莫法律，高階貴族在外活動時准許使用靈威壓制。這是因為高階貴族全是強大的魔法師，對國家來說是折損不起的重要戰力，為了保障其安全，隨從會用靈威壓制周圍群眾，杜絕被人暗殺的可能性。比起街道淨空之類的手段，靈威壓制可說是便利又省錢。

既然是女王的貴賓，自然可以享受高階貴族的待遇。但這樣一來，所到之處勢必人人跪倒、獸車駐足。

要是沒有目的地的四處亂逛，搞不好半座城市的交通會就此癱瘓吧。要是真的發生那種情況，這兩位官員將再也沒有前途可言。

「那麼，可否告知下午的活動範圍呢？有預定前往外城區的哪一區嗎？還是需要我們推薦一些適當的地點呢？南十六區是個好地方，那裡有一流的珠寶店與服飾店。」

「南十八區也不錯。那裡有許多書店，不論新舊書都很齊全。黑曜宮的圖書室雖然保存了許多書，但以稀有的珍本居多。如果是比較普遍性的書籍，應該在那裡都找得到。」

兩位官員不負精英之名，立刻想到了應付的方法。既然無法阻止，那就盡量把對方的行動限制在某個範圍，這樣一來就能將損害減到最小。

「是嗎……那就去十八區吧。」

「好的！我們立刻安排！」

兩位官員興奮地抄寫筆記，同時感嘆今天終於可以度過一個比較輕鬆的日子了。

可惜，不久之後，他們便了解到這樣的想法根本大錯特錯……

※◆※◆※◆※

王者的生活非常規律。

這並非個性或習慣使然，而是因為「非得如此不可」。

王者擁有至高的權力，這份權力同時也伴隨著同等沉重的義務。

等待接見的廷臣、隨身服侍的僕役、負責警備的衛兵……只要王者一個念頭，就有數百人、甚至是數千人的行動會受影響。那種突發奇想的隨心所欲、想幹什麼就幹什麼的作法，若是偶一為之還好，要是經常發生，政務工作將會嚴重停滯，進而影響整個國家的營運。

王者的一天猶如精密咬合的齒輪，必須確保每個部分都緊緊相扣。為此官員們會為王者制定一份精確的工作行程表，而王者也必須盡量根據這張工作行程表活動。

製定這份工作行程表，正是大秘書官的工作。

「陛下，要批閱的公文已經準備好了。一小時後會召開例行財政會議。希望瞻仰陛下榮光的人，目前累積已有二十六位，屬下已經列好名單放在桌上了。請恕屬下直言，除了札庫雷爾公爵外，其他人也最好接見一次……」

一進辦公室，帕爾特便嘮嘮叨叨地講起今天的工作內容。

看見桌上那疊堆得有如小山般的公文，莫浩然不禁在心裡發出「嗚啊」的悲鳴。雖然簽署的人不是自己，但直到這堆公文解決前，自己必須一直待在辦公室裡面，而且什麼都不能做，這簡直就是變相的酷刑。

零什麼都沒有說，就這樣坐進了辦公室開始簽署公文。

帕爾特則是留在辦公室的偏房，那裡是他工作的地方，若是女王需要什麼資料或確認什麼事情，只要轉頭吩咐一聲就行。另外，辦公室的大門也設於偏房那一邊。

莫浩然站在偏房與正房的入口，擺出近侍該有的護衛姿態。

室內很快就安靜下來，偶爾會響起翻動紙張與寫字的聲音。

（好無聊……）

帕爾特就在隔壁，所以莫浩然沒辦法跟零說話，也不能跟頭上的大法師閒聊，更不能做練習魔法之類的事情，看書什麼的更是別想。他現在唯一能做的，就是一直站在原地不動。

（太無聊了……）

這種時候，最容易打發時間的方法就是放空腦袋。但莫浩然已經連續放空了好幾天，老實說，已經膩了。

（就沒什麼打發時間的方法嗎？）

莫浩然的視線在室內不斷游移，從天花板的水晶吊燈一路看到零手中的鋼筆，最後直接駐留於零本人身上。

（果然，完全不一樣……）

當初奉命監視自己的零，跟現在坐在辦公室裡簽署文件的零，感覺完全是兩個人。只是換了套衣服而已，就會變得這麼多嗎？

（不對……）

一股疑惑在心中滋生。

一個人要假扮成另一個人，不是那麼簡單的一件事。

雖然小說或漫畫裡面經常會出現這種假扮情節——例如異世界轉生什麼的——但那終究只是以娛樂為目標的虛構故事。

要假扮成別人，可不是一句「我因為生病而失去以前的記憶」或「我只是想告別過去的自己」這種理由就能掩飾一切的。必須對假扮的對象有著深刻的認識．並且進行徹底的模仿訓練，才有可能不會穿幫。

一開始莫浩然只覺得零的演技很高明，但隨著時間的經過，他也逐漸感覺這種演技絕不是隨隨便便就能得到的東西。恐怕，零對於「該如何扮演莎碧娜」這件事早就練習已久了吧。

這很不正常。

零是強化人造兵，也就是所謂的生物兵器。這樣的她，為何要做這種訓練？戰鬥才是她的正職吧？學習如何模仿他人可是演員的工作。

（……說起來，為什麼莎碧娜要做出一個跟自己長得一模一樣的強化人造兵？）

以前的莫浩然根本沒有想過這個問題，然而現在可以用來思考的時間太多了，過去不經意忽略掉的事物，便一個接一個地浮上心頭。

雖然他也曾問過傑諾，但傑諾總是用「不知道」來回答他；他也問過零本人，她的答案是「這是陛下的命令」。

（難道是那個嗎？據說古代的國王為了防止暗殺，會使用替身什麼的……）

莫浩然覺得這應該是最相近的答案了。

但，還是有一些難以解釋的地方，例如為何要給予替身魔操兵裝。

最近在惡補宮廷知識時，莫浩然得知了魔操兵裝究竟是多麼珍貴的東西。這種以不穩定性變異元質粒子為驅動能源的武器，由於威力太過強大，一般都是牢牢控制在中央政府的手中，只有在執行某些特殊任務時才會發放。除非立下莫大功勳，同時受到君主的絕對信賴，才可能獲賜魔操兵裝。

換言之，魔操兵裝就跟領地一樣，屬於最高位階的賞賜。

區區替身沒必要持有這樣的東西。

更何況，零手中的魔操兵裝還是權杖級。

根據內藏的不穩定性變異元質粒子能量，魔操兵裝被分成五種級別：

最高級的「皇冠」。

第二級的「權杖」。

第三級的「璽劍」。

第四級的「勛刃」。

以及最劣的「無銘」。

雷莫擁有權杖級魔操兵裝的人只有兩個，那就是亞爾卡斯的「吟頌者」，以及札庫雷爾的「霸炎」。亞爾卡斯和札庫雷爾可是被稱為雷莫雙壁的人物，由此可看出權杖級魔操兵裝的珍貴。

為什麼會把這麼貴重的東西交給一個替身呢？莫浩然實在想不明白。

其實就算想不明白也無所謂，畢竟那跟自己的最終目的——解放傑諾·歐蘭茲——

沒什麼關係，只不過這段時間實在太閒，所以才會用它當作打發時間的材料。

正當莫浩然思考時，零突然抬起頭。兩人的視線在空中相遇。

「啊，不，沒事……嗯？」

莫浩然以為零是因為感受到自己的視線才會抬頭，但從零的表情來看，似乎不是那麼一回事。

「啊，是那個嗎？我知道了。」

莫浩然走到桌子旁邊，低頭看向零正在簽署的文件。

「呃——嗯——那個——這是一種新型藥品的開發許可申請……這裡有作為附件的資料嗎？」

零把一份放在旁邊的、厚如書本般的文件輕輕推到莫浩然面前，於是莫浩然開始閱讀文件。

正確的說，是傑諾借用莫浩然的眼睛在讀。

「……這是有關新型藥品的開發許可，上面雖然羅列了許多新藥的優點，但大多是空泛的言詞，要求的預算也太多，有欺騙經費的嫌疑呢。恐怕有些人已經勾結起來了，最好叫相關部門重新審核一遍。」

莫浩然將傑諾的看法說了出來。

零什麼也沒說，將這些話直接寫在公文上。下面的人收到措辭如此嚴厲的回覆，想必會惶恐好一陣子吧。

此時的莫浩然與零，所扮演的角色立場完全反了過來。

事實上，這樣的情形從替身計畫的第一天就上演了。

零雖然擁有假扮女王的外貌與演技，卻缺少女王所應有的經驗與能力。面對完全不熟悉的各式公文，零難得一見地皺起眉頭，露出困擾的表情。

理論上，這時候可以詢問身為輔佐者的帕爾特子爵，讓他幫忙下判斷。

但這個方法只能偶一為之，若是次數一多，很容易引起帕爾特子爵的懷疑。若是使用「什麼都不管地直接署名同意」這一招，更可能引起不必要的混亂。

就在莫浩然與零對著成疊公文不知如何是好時，看不下去的傑諾跳出來了。這位大法師不僅幫忙解讀公文的內容，同時還看穿了背後可能隱藏的陷阱。

「只要有這傢伙跟零在，就算莎碧娜真的回不來也無所謂了吧？」——莫浩然忍不住這麼想。

當然，這也只是一閃即逝的念頭而已，就像微風輕拂湖面一般，屬於風吹過後就不留痕跡的想法。

不論是他也好，傑諾也好，零也好，都沒有占據女王寶座的意願。若是他們露出那種意思，哪怕只有一點點也好，亞爾卡斯等人恐怕會第一時間跳出來宰了他們。

「還有嗎？」

解決了新型藥品開發申請的公文後，莫浩然隨口問道。於是零又默默地把一份公文推到他面前，這次的附件內容是先前的兩倍之多。

「哇啊，這是什麼？好厚……紋陣的開發與改良申請？」

莫浩然翻了一下附件，裡面全是密密麻麻的文字、表格與紋陣圖形，讓人看得眼花繚亂。

「唔，太多了……等我一下。」

莫浩然一邊撫額一邊打開資料。雖然解讀的人不是自己，但那個厚度光是翻動也足以令人厭煩。

傑諾在腦中不時喊著「白痴，這個構想不對」、「那邊根本就錯了吧」、「胡扯也要有個限度」、「騙經費是這樣騙的嗎」……看來這份資料的問題頗多。

「……謝謝。」

就在莫浩然與資料奮戰之餘，一道細微的聲音竄入耳中。

莫浩然轉動眼球，發現向自己道謝的人正是零。端坐在椅子上的她，正以澄澈的眼神看著自己，那股視線帶有一股莫名的力量。

零的美貌無庸置疑，被如此美麗的女性目不轉睛地凝視著，恐怕絕大部分的男性都會心跳加速、不知所措吧。但莫浩然與零也相處好一段時間，多少獲得了一些免疫力。

「幹嘛突然跟我道謝？」

「要是沒有你幫忙，我早就被看穿了。」

「這個，沒什麼啦……」

真正辛苦的應該是窩在自己頭上的那傢伙才對，莫浩然心想。明明沒出什麼力就受到他人感謝，令他有點不好意思。

「為什麼要幫我？」

「嗯？」

「為什麼要幫我？」

零又問了一次。

看到零的眼神，莫浩然醒悟到她口中的「幫忙」，並非單指解讀公文一事。她指的是全部。

答應里希特的計畫、接受近侍一職、協助處理政務……說到底，這一切都是為了讓莎碧娜平安歸來。

那是零的願望，也是許多人的願望，唯獨不可能是莫浩然的願望。

「你以前向我問路，曾說過要去見莎碧娜大人，後來卻選了不一樣的方向。在我跟著你的時候，你也經常逃跑。所以我覺得你其實不希望見到莎碧娜大人。那麼，為什麼要幫我？」

「呃……」

莫浩然不知道該怎麼回答。

不是「不願意」，而是「不知道」。

老實說，連他自己都不清楚為什麼要做出這種有如自投火海的蠢事。他的確不想見到莎碧娜，那個媲美最終 BOSS 的女人要是消失了，對自己只有好處沒有壞處。

自己為什麼要協助這個計畫呢？打從進入黑曜宮之後，莫浩然每天晚上都會質問自己，卻總是找不到答案，彷彿迷失於思緒的迷宮。

然而——

「因為我想幫妳。」

在零的注視下，某種無可名狀的東西從莫浩然的心底浮現，接著聚集為話語，從口中流瀉而出。

零微微睜大雙眼，像是沒想到會聽見這樣的回答；莫浩然也同樣睜大眼睛，似乎沒想到自己會說出這樣的答案。

驚訝也只是一瞬間而已。

就在這個瞬間，莫浩然覺得自己似乎明悟了什麼。

「以前被妳幫過很多次，這次輪到我了。」

話語像是擁有自我意志般脫口而出。那是不經思考就說出的話語，因此也是最真實的話語。

腦海閃過了許多片段。自己當初來到這個世界時，每次碰到難以對付的怪物，都會把牠們引到零的面前，讓她幫忙解決。

奉莎碧娜之命監視自己的零，毫無疑問屬於敵人那一邊，就算利用她也沒什麼不對，莫浩然最初是這麼想的。

那樣的想法，在與亞爾卡斯一戰後開始改變了。

過去莫浩然會利用零對付怪物，是基於「反正她一定會贏」的心態，但亞爾卡斯那一戰打破了這樣的認知。

零很強，但絕非無敵。

她會敗北，也會死。

讓女孩子因自己而死——這樣的事情，莫浩然實在做不出來。

到目前為止，零沒有做出任何不利自己的事情，反而自己一直在利用她，但零是敵人這件事也是事實。

這種矛盾讓莫浩然無比煩惱，同時也是他之所以無法解釋自己為何協助這個計畫的主因。

如果莫浩然是個自私的人，或者個性更冷酷一點，大概就不會有這樣的困擾了吧？雖然經歷過不少人情冷暖，但他終歸只有十六歲。

零不發一語地看著莫浩然。從她的表情，很難看出她究竟在想什麼。兩人就這樣互望著彼此。

「總之，就是這樣。」

最後莫浩然先移開視線。

零微微張嘴，似乎準備說些什麼。就在這時，外面突然傳來了敲門聲。

詢問來者何人也是近侍的工作，於是莫浩然連忙放下資料，走到偏房開門。原以為是侍女或帕爾特子爵的部下，沒想到是衛兵敲的門。

「桃樂絲小姐，出了一點小麻煩。」

衛兵帶著為難的表情低聲說道。

「那個獸——我是說女王的客人，目前正在御用花園大鬧，下面的人不知道該怎麼處理。」

※◆※◆※◆※

一小時後，莫浩然與零來到了名為風花林園的御用花園。

兩人之所以會拋下政務跑來這裡，是為了幫紅榴惹出來的麻煩收拾善後。

這並非是女王該親自前往處理的事情，但零不可能放任莫浩然離開自己的視線，於是最後演變成兩人放下政務、一同前來的奇妙狀況，就連預定要舉行的會議都改期了。

「陛下今日心情不佳，正好順便前往花園散心。」

莫浩然用這個藉口說服了帕爾特子爵。雖然是很爛的理由，但若是從君主口中說出來，再怎麼荒謬也只能接受。

王者的生活雖然宛如精密的鐘錶般規律，但偶爾也會出現例外。當然，這種例外要是經常發生的話，只會為臣民帶來困擾。

雷莫的歷史上也不乏這種喜歡胡鬧、不按牌理出牌的國王，最後把國家搞得一團亂。相較之下，零的突發性散步還在正常範圍內，不至於拉低莎碧娜在眾人心中的形象與評價。

風花林園距離黑曜宮並不遠，乘坐獸車的話只要半小時就夠了。之所以花了兩倍的時間，是為了安排儀仗隊伍。

為了彰顯權勢與顏面，貴族行事總是非常高調，無論走到哪裡都是前呼後擁。若是女王出門，規格自然更加誇張。就算吩咐不用搞得那麼盛大，隨行的隨從人數還是超過了五十人。

風花林園以園內大量種植了四色木而聞名。

四色木是一種一年四季都會開花的奇妙樹種，春紫、夏白、秋紅、冬藍，每一季的花香也都完全不一樣。當滿山遍野的應季之花隨風搖曳時，那壯觀的景色能讓任何人讚嘆不已。

園裡也有放養野獸，以供國王打獵之用。黑曜宮每年秋天都舉辦一次狩獵會，只有親近女王的有力貴族才會受邀，算是一種用來確認敵我派系的政治活動。

當莫浩然來到這座知名的高雅花園時，映入眼中的卻是一片混亂的景象。負責管理花園的下級官員跑到零的面前下跪，哭哭啼啼地說出事情的經過。

「那個獸人一進入花園就突然跑得不見人影，過了不久，園裡的野獸開始暴動，樹木也一株接一株的倒下來了！微臣想要阻止她，但根本找不到人啊！」

原來紅榴進入風花林園後，面對壯闊的美景，心中的野性似乎也跟著解放了。她不僅在花園裡面任意捕捉野獸，還把珍貴的四季木打斷當柴燒，嚇得眾人不知如何是好。

「……果然很像她會幹的事。」

莫浩然深深嘆息，就算想幫紅榴辯解也不知該從何說起。

「啊——又倒了！又倒了一株！」

就在官員哭訴時，周圍突然響起喧鬧的聲音。莫浩然轉頭一看，只見遠處有一株開滿白花的高大樹木正緩緩傾倒。

（不管怎麼樣，還是得先阻止她才行。）

打定主意後，莫浩然對眾人說道。

「這裡交給我。你們不要靠近，以免發生意外。」

接著莫浩然發動瞬空之型，朝樹木倒下的方向衝過去。零緊隨其後，隨從們見狀連忙跟上去，於是零停下腳步，回頭望向眾人。

「……不用跟上來。」

說完之後，零便追著莫浩然而去。

隨從們先是面面相覷，最後全都留在原地。既然女王都發話了，他們也只好照做。

莫浩然很快就來到樹木倒下的地方，卻不見凶手的人影。他左右張望，發現另一處的樹木正在倒塌，看來紅榴已經溜到那邊去了。

「喂！紅榴！住手啊！」

莫浩然一邊大喊一邊追上去，結果還是遲了一步。紅榴又跑掉了。發動瞬空之型的莫浩然已經跑得夠快了，但紅榴同樣不遑多讓。

「咕，這樣根本追不上嘛！」

「笨蛋，用明鏡之型。」

「啊，對哦。」

經傑諾提醒，莫浩然才想起自己還有這一招可以用。於是他一邊用瞬空之型快速移動，一邊用明鏡之型探索四周。能夠同時使用兩種魔法，莫浩然的操魔技術顯然大有進步，跟當初來到傑洛的他完全不能比。

「找到了！」

莫浩然突然一個急停轉變，接著全力衝刺。很快的，獸人少女的身影映入眼簾。

「咦？小桃桃？啊哈哈哈，你也來了！」

紅榴站在樹枝上笑著揮手。莫浩然走到樹下仰望對方，就在這時，一股濃烈的氣味迎面撲來，讓他忍不住倒退兩步。

「唔哦，好臭……！妳喝酒了？」

紅榴身上散發出濃烈的酒臭，就連站在樹下的莫浩然都聞得到。仔細一看，她的臉色異常紅潤，眼神也比平常迷濛許多，正是喝醉酒的徵兆。

「妳怎麼會喝酒啊？」

「別人給我的哦。他們說一邊吃烤肉一邊喝酒最過癮了。」

早上建議紅榴來風花林園遊玩的兩名官員，似乎打著將紅榴灌醉後就能減少麻煩的主意，因此帶了一大桶烈酒過來。沒想到紅榴一進來就開始仰頭大喝，所以才會發生大鬧花園的事情。

（如果是喝醉的話……責任應該出在給她酒的人吧？）

莫浩然鬆了一口氣。要是紅榴沒有理由就大鬧花園，將會平添許多麻煩，如今可以將問題全部推到其他人頭上了。

「好了，我們回去吧。」

莫浩然對著紅榴伸出右手。

然而紅榴一動也不動，只是直直地看著他。

「怎麼了？」

「小桃桃看起來好像很不高興呢。」

「咦？」

莫浩然不由得為之一愣。突然被人斷言自己的心理狀態，不管是誰都會覺得莫名其妙吧。

「從進入這座城市後，小桃桃的表情就一直很緊張哦！像是有怪物在後面追趕你一樣。笑起來的時候，感覺也沒以前那麼輕鬆了。」

莫浩然訝異地看著紅榴。站在後面的零則是看著莫浩然，眼中流露出驚訝之情。

「然後啊，剛好現在的我也不太開心。」

紅榴繼續說道。然而她的臉上明明掛著燦爛的笑容，怎麼看都跟「不開心」這個字眼無緣，於是莫浩然忍不住開口吐槽。

「妳明明就在笑吧？」

「因為接下來要做開心的事，所以才笑的呀。」

「開心的事？」

「爺爺說過，不高興的時候，只要動動身體心情就會變好。所以——」

紅榴的笑容變得更深了。

「我們一起動動身體吧！」

話剛說完，紅榴立刻撲過來。

莫浩然完全來不及做出反應。

一來是雙方距離太近，再來是獸人少女的行動太過出人意料，兩者相加的結果，就是莫浩然只能眼睜睜看著紅榴的拳頭砸中自己。

但是，這一拳被擋住了。

零及時拔劍從旁攔截了這一擊，行動迅捷有如閃電。然而由於太過倉促，這一劍的力量不足，雖然打偏了拳頭的軌道，零卻也連人帶劍一起被彈飛。拳頭捲起的風壓擦過莫浩然的臉頰，劃出一道淺淺的血痕。

還沒搞清楚發生什麼事的莫浩然愣在當場，此時紅榴已經揮出了第二拳。

「白痴！快閃！」

傑諾一聲大吼，及時打碎了莫浩然凍結的意識。就在拳頭距離自己的臉孔不到五公分時，莫浩然發動瞬空之型，驚險地閃過這一拳。

「等、等一下，紅榴——！」

「喵哈哈哈——！」

莫浩然張開雙掌擺出阻止的姿勢，但紅榴完全不理會。她一下子就追上莫浩然，用彷彿要撕裂一切般的氣勢揮出拳頭。然而這威力十足的一擊再次落空，莫浩然在拳頭臨身的那一剎那側身一閃，與紅榴擦身而過。

託這幾個月在荒野裡跟怪物大玩捉迷藏的福，莫浩然的瞬空之型已經使用得極為熟練了。

一般的魔法師在進行魔法訓練時，重心通常會放在攻擊型魔法上，這是因為他們習慣與敵人拉開距離，在安全處以遠距離魔法轟擊對手。偏偏莫浩然因為諸多原因，經常跟怪物近距離搏鬥，因此更看重移動型魔法的練習。這麼做的結果就是，他的戰鬥技術雖然沒什麼進步，閃躲技術的水準卻相當不俗。

「小心！她是來真的！要是太大意，可不是斷幾根骨頭就能了事的！不要靠近她，想辦法拉開距離，然後用穿弓之型牽制！」

「靠夭！你說得簡單，根本甩不掉啊！」

傑諾大聲下達戰術指示。這種戰術又被稱為「飄舞」，以雙方始終保持一定距離快速移動、猶如在大地上舞蹈般而得名，是人類魔法師對付獸人時常用的一種戰術。然而紅榴追得實在太緊，莫浩然找不到執行戰術的機會，只能單方面被追著打。

以近身戰而言，紅榴的實力比莫浩然高出太多。莫浩然至今仍未被打中，除了紅榴喝醉外，還因為雙方移動方式的差異。

瞬空之型是以魔力之風承托身體，因此可以隨時隨地任意改變移動方向，而獸人的爆發力雖強，卻非得以腳踏地才能施力。

（這樣下去不行！）

莫浩然領悟到要是不想點辦法，自己很快就會被打中。但還沒等他想出辦法，情勢已經陷入了最糟的狀況：只顧著逃命的他，不小心跑到了三面都是樹木的死路。

「捉到了！」

紅榴發出興奮的叫聲，直接使出一記飛踢。眼見足以斷木裂石的踢擊迎面襲來，莫浩然想也不想就奮力往上一躍，在魔力之風的加持下，這一跳將近有三公尺高。

但，這正中紅榴的下懷。她早已預測到莫浩然會往上逃跑，於是在踢中樹木時突然收力，以樹木為跳板使勁一蹬，以比先前快上將近一倍的速度衝向莫浩然。

莫浩然大吃一驚，要閃開這一拳已經不可能的了，壁壘之型也來不及張開。束手無策之餘，以前的打架經驗在此時支配了身體，莫浩然反射性地一踢，打著絕不能只有自己吃虧，好歹也要兩敗俱傷的主意。

令人驚訝的事情就這樣發生了。

腳比手長，莫浩然的踢擊先一步擊中紅榴。獸人的身體極為強韌，人類的踢擊對他們而言就像被蚊子叮一樣毫無威脅。然而莫浩然在踢中紅榴的瞬間，空氣突然炸裂開來！強烈的氣浪向外擴散，兩人同時倒飛出去。

「喵嗚——？」

紅榴在半空中靈巧地翻轉身體，安穩落地。莫浩然則是撞斷了好幾根樹枝，然後勉強用魔力之風托住身體，逃過了腦袋墜地的下場。

落地之後的紅榴並沒有立刻發動攻擊，而是張大嘴巴看著莫浩然，對於那一踢的威力驚訝不已。從後面追上來的零也微微睜大雙眼，對於這一幕感到意外。至於莫浩然本人，則是一臉訝異地看著自己的腳。

「用腳也行……也對，可以覆蓋拳頭的話，當然也可以覆蓋腳了……」

原來剛才莫浩然情急之下，使用了自己研究出來的特殊型魔法，也就是將魔力覆蓋於拳頭上的攻擊。雖然只是靈光一閃的主意，卻得到了出乎意料的好結果。徒手逼退獸人，這在傑洛人的悠久歷史中是從未有過的偉業，莫浩然可說是締造了一項無人能及的成就。

這樣這傢伙總該冷靜下來了吧？抱著這樣的想法，莫浩然抬頭望向紅榴。沒想到映入眼中的，卻是獸人少女更加興奮的表情。

「小桃桃好奸詐，竟然隱藏實力！不過很好，這樣就可以玩得更開心了！」

「等、等等！住手啊！」

無視莫浩然的悲鳴，紅榴再次氣勢十足地衝來。或許是因為剛才擊退了紅榴的關係，這次零也不出手了，只是站在旁邊觀看。

莫浩然與紅榴就這樣乒乒乓乓地大打一場，兩人在開滿白花的樹叢裡不斷飛掠。就連遠在花園門口的隨從們也能見到他們的身影。隨從們一邊為了兩人竟然打了起來而驚訝，一邊為莫浩然的身手大感驚嘆。

「竟然能夠跟獸人打近身戰？」

「沒想到這位少女竟然具有如此氣魄與實力……！」

「不愧是陛下看重的人，真是深不可測！」

隨從們半是嫉妒半是佩服地竊竊私語，想必這一戰的情況過沒多久就會傳遍大街小巷了吧。

只是實際情況跟他們想像的截然相反，莫浩然很快就淪為挨打的一方，只是這一幕沒有被人看見而已。

十分鐘之後，莫浩然就呈大字形倒在地上不斷喘氣，紅榴則是雙手扠腰站在他旁邊，一副運動過後心情暢快的清爽模樣。

「哎呀，不愧是小桃桃，比我想像的還要厲害呢！下次認真的來一場吧，我想看看小桃桃使出全力的樣子。」

「……我才不要。」

莫浩然斷然拒絕。

（認真的來一場？不認真就把我打成這樣了，認真起來還得了？）

「為什麼喵？動動身體之後，小桃桃應該也跟我一樣，覺得爽快很多吧？」

紅榴一臉不可思議的看著莫浩然。

如此激烈的打鬥，在她眼中似乎只是「動動身體」的程度而已，這位獸人少女的體力簡直跟怪物一樣深不見底。

（……嗯？）

然後，莫浩然發現了。

這些日子以來因為深入敵陣、擔心被人拆穿而累積的壓力，確實舒緩了一些。他在察覺自己心中的陰霾有所消滅之餘，也察覺紅榴的異狀。她必定也是累積了不少壓力，才會說出「跟我一樣爽快很多」這種話。

不，紅榴承受的壓力說不定比他更大。

畢竟她是獸人，在這裡屬於絕對不受歡迎的存在，若不是身上掛著女王客人的頭銜，恐怕早就有一堆人跑來找她麻煩了。在這種滿是敵意與惡意的環境下，不累積壓力才有鬼。

想到這裡，莫浩然心中不禁湧起歉疚之情。人家好心來幫自己，自己卻把她推到這種糟糕的環境裡，實在有失厚道。

「……喂，紅榴。」

「什麼事？」

「妳要不要先走？」

紅榴微微側頭，一臉茫然地看著莫浩然，似乎聽不懂剛才那句話的意思。

「離開這座城，在外面等我們吧。不，不用等也沒關係。反正妳本來就是為了領悟那個叫獅子心什麼的才出門旅行的吧？那就繼續去旅行吧。」

紅榴瞪大眼睛，眨也不眨地看著莫浩然。在確認對方並非說笑後，她咧開了嘴，露出爽朗的笑容。

「不行喲，在還沒報答小桃桃的恩情之前，我會一直跟著小桃桃的。」

「那種東西無所謂啦！」

「不對，那很重要。爺爺有說過，有恩必報，有仇也必報，這樣才是一個成熟的大人。」

成熟的大人才不會說出這種話——莫浩然在心中吐槽。他並沒有把這句話說出口，要是紅榴反問他「那怎麼樣才是一個成熟的大人」的話，他自己也答不出來。

一時間，兩人都沒有說話。

涼風吹得枝葉沙沙作響，白色的花朵隨風搖曳，而樹林特有的靜謐感悄悄地籠罩著四周。

「以前在族裡的時候，雖然大家老是對我說人類很壞很可惡，不過其實我不怎麼相信這些話。」

「嗯？」

莫浩然看向紅榴。獸人少女不知何時轉身背向他，然後從林梢的空隙之間抬頭仰望天空。

「我啊，除了爺爺的話以外，只相信自己親眼見到、親耳聽到的事。我以前沒見過人類，所以離開族裡的時候，還想說或許可以交到一、兩個人類朋友吧。可是每個人類一見到我，不是逃跑，就是想要殺我。就算我在他們快被怪物吃掉的時候救了他們，最後還是會找機會攻擊我。於是我覺得，人類果然是很壞很可惡的生物。」

紅榴低頭看向莫浩然，大大的眼睛散發著耀眼的光輝。

「然後……我遇見小桃桃了。你是第一個請我吃東西的人類，也是第一個救我的人類。從牢裡逃出去的時候我就決定了，你的恩情我一定要報，無論如何都要報。」

紅榴的嘴角往上拉扯。面對著獸人少女的笑容，莫浩然想不到此時的自己該如何回應她。

「不用顧慮我哦，小桃桃，儘管去做你想做的事，就算最後會讓我陷入危險也沒關係，因為這才算報恩嘛！那也是小零零想做的事對吧？因為我也喜歡小零零，所以更應該幫忙了。」

聽到這些話，站在遠處的零身體不禁一震，露出了難以置信的表情。紅榴笑嘻嘻地看著她。

「小零零雖然不愛講話，打招呼也從來不回應，可是我感覺得到哦！小零零其實不討厭我，所以我也不會討厭妳。因為小零零又強又漂亮，而且還一直保護小桃桃，所以慢慢就從『不討厭』變成『喜歡』了。」

該說是野性的直覺嗎？雖然不常交談，但紅榴還是能夠察覺到零之所以不搭理她，並不是因為厭惡獸人，而是天生性格如此。

「毒草人雖然很囉嗦，但她也不討厭我，所以我不討厭她。嗯——而且捉弄她很好玩，所以後來也開始喜歡她了。」

紅榴的笑容帶上一抹惡作劇的戲謔。如果伊蒂絲在場，恐怕又會因此跟她大吵一架了吧。

「好！動完身體後，肚子也開始餓了。我要烤肉，等一下大家一起吃吧！」

紅榴說完之後身影一閃，瞬間就衝到樹林裡面。過沒多久，樹林裡便傳來野獸的悲鳴聲。

「真看不出來，這位獸人小姑娘的器量還挺大的。」

傑諾的聲音摻雜著感慨的微粒子，這位大法師難得稱讚別人。

莫浩然與零凝視著樹林深處，久久沒有說話。

※◆※◆※◆※

伊蒂絲哼著歌，心情愉快地走在外城區的街道上。

原本跟在她後面的四名隨從早就被鎖縛之型困住，留在內城區裡面。這種甩脫隨從的戲碼每天都會上演一遍，官員們絞盡腦汁也想不出反制的方法。畢竟伊蒂絲雖然只會一種魔法，但她的魔力領域可是直逼侯爵級。

擺脫了名為護衛實為監視的小角色之後，伊蒂絲走向城市東區。巴爾汀的地圖她早就牢牢記在腦裡了，迷路的可能性幾乎是零。

半小時後，伊蒂絲站在城市北區的街道上，一臉困惑地看著標有地名的指示牌。

「奇怪，怎麼會跑來這裡？」

伊蒂絲喃喃自語。自己明明一直往東走啊，為什麼最後會跑到北邊來呢？真是不可思議。

「因為妳是笨蛋吧。剛剛的岔路應該往右走才對。」

突然，伊蒂絲的表情改變了，口氣也變得不一樣。如果說先前的她渾身洋溢著如風般的輕快感，那麼現在的她就像是澄澈的深邃湖水，散發出冷靜的氣息。

「誰是笨蛋！那個岔路明明就應該往左走！」

伊蒂絲的表情與口氣再次變化，回復到原先的樣子。

「往右才對。就因為妳老是這樣，才會一直沒辦法獨自行動。」

「吵死了！妳行妳來啊！」

「那就這麼辦吧。」

於是伊蒂絲轉頭往回走。周圍的行人對於這位美女大聲自言自語的行為感到詫異，但因為伊蒂絲穿著非常昂貴的禮服，一眼就能看出不是普通人，所以行人最多也只敢偷偷觀望。

二十分鐘後，伊蒂絲站在城市西區的入口，一臉困惑地看著標有地名的指示牌。

「都已經往右走了，為什麼反而跑到西邊了呢……？」

「看吧看吧，妳還不是一樣！」

「……哼。」

「哼什麼哼啊！現在要怎麼辦，妳說說看啊！」

伊蒂絲又是撇頭又是跺腳，奇特的行為使得路過行人紛紛繞道。

伊蒂絲缺乏方向感。

這就是為什麼她明明已經知道亡者之檻位於何處，卻仍堅持跟著莫浩然的原因。不需進食，而且身懷侯爵級魔力的她，理論上就算獨自旅行也毫無危險，偏偏因為「缺乏方向感」這個弱點，讓她不得不依附他人行動。

「伊蒂絲小姐——！」

這時，遠方傳來了熟悉的呼喚聲。伊蒂絲轉頭一看，發現西格爾正朝這裡跑來。

「伊蒂絲小姐，我等您好久了，您怎麼跑到這裡來了？」

西格爾一邊喘氣一邊問道。他說話的時候滿臉帶著笑容，一點也聽不出責備或抱怨的感覺。

「逛街。有問題嗎？」

「不不，當然沒問題。那麼伊蒂絲小姐還想繼續逛嗎？還是說現在就回我那邊？」

「既然出來了，就在這裡找間店坐坐吧。」

極為巧合的，這條街上有不少餐廳與酒館。仔細一看，這裡應該是富裕人士所居住的區域，街道乾淨，路人的穿著也不寒酸。

「這樣啊，真是個好主意。那麼前面那間店如何？『貓與毯子』，感覺是間很有趣的店。」

「不要，會讓我想起那隻笨野貓！」

伊蒂絲先是點了點頭，然而另一個人格突然跳出來反對。不過西格爾已經習慣了，所以沒有被嚇到，而是若無其事的指著另一間店。

「這樣啊，那麼那間如何？『聖潔羽毛』，店名的感覺與伊蒂絲小姐非常相配。」

「那就這間。」

「是，那麼請跟我來吧。啊，您今天的衣服非常漂亮，將您的高貴氣質充分襯托出來了。」

「哦。」

西格爾的奉承只換來伊蒂絲一句冷淡的回應。雖然如此，青年商人還是一臉興奮的模樣，充分表現出「陷入戀愛的盲目男人」所該有的愚蠢。

「聖潔羽毛」的裝潢以純白色調為主，裡面的布置與桌椅都給人一種高雅的感覺。雖然氣氛很好，裡面的客人卻不多。等到侍者送上菜單後，西格爾總算了解其原因。

「一杯洛菲茶就要二十五夸爾特？」

見到最便宜的飲料竟然會是如此價格，西格爾不禁生出一股翻桌的衝動。然而心儀的對象就坐在自己面前，他實在無法說出「我們換一間吧」這種話，於是只好暗中摸一下錢袋，確認今天帶出來的錢夠不夠用。

伊蒂絲最後只點了一杯飲料，西格爾鬆了一口氣，跟著點了最便宜的飲料。

「話說回來，你怎麼知道我在這裡的？」

巴爾汀是一座人口超過二十萬的巨大城市，伊蒂絲很難相信西格爾能在茫茫人海中準確地找到自己。

「因為我在這裡有不少朋友，我有拜託他們幫忙留意一下。再加上伊蒂絲小姐很顯眼，他們一下子就認出來了。」

「原來如此。對了，這是這週的分。」

伊蒂絲從隨身的皮包裡面取出一個厚紙袋。西格爾恭敬地伸手接過，然後打開紙袋。紙袋裡面裝著一疊紙，大約二十張左右，上面寫滿了文字。

「那麼，因為時間緊急，我就在這裡拜讀了。」

「嗯，看吧。」

西格爾開始低頭閱讀紙上的文字。他的表情極為專注，彷彿在進行某種神聖的儀式。伊蒂絲單手托頰看著窗外，但視線卻不時飄向西格爾。

飲料很快就送上來，但西格爾沒有碰杯子，只是低頭看著紙張，並不時發出「嗯嗯」的聲音。

「我看完了。」

十分鐘後，西格爾終於抬起頭。

「怎、怎麼樣？」

伊蒂絲不論是聲音或表情都很冷淡，但給人一種故作平靜的感覺。

「比起上次好很多。」

「嗯嗯。」

伊蒂絲輕輕點頭，眼睛深處開始綻放光芒。

「上次我指出的問題都有改進，而且這次還加入了許多新的點子。不得不說，伊蒂絲小姐在這方面很有天分。」

「不，沒這麼誇張啦。」

「不不，我是說真的。不是我在自誇，我讀過的小說沒有一百也有八十，但沒有一本能像伊蒂絲小姐寫的一樣如此吸引我。雖然還有些生澀，但我可以從其中感受到一股特別的力量。」

西格爾認真說道，似乎是被他的魄力所懾，伊蒂絲的身體向後縮了一下。

「請放心，這份稿子就算不用修改，也絕對可以壓服那些情報販子，我敢保證！」

「哦、哦哦……既然你都這麼說了……」

「那麼，如果伊蒂絲小姐方便的話，我想現在就討論下一次稿子的內容。故事已經進展到女王一行人深入荒野，您接下來打算安排什麼樣的劇情呢？」

「我想寫隊伍被怪物襲擊，然後大家各顯身手，將怪物徹底打垮的劇情。」

「這樣啊，聽起來確實非常爽快。不過，只注重在突顯個人武力的話，張力似乎有點不太夠呢。」

「唔，這樣啊，那你覺得要怎麼做才好？」

伊蒂絲吸了一口冰涼的飲料，從口氣來判斷，現在出來的應該是紅色人格。

「我覺得可以加上女王與我們發生衝突，然後彼此和解的劇情。這樣一來，就能讓大家知道女王為何如此看重我們了。」

「哦……聽起來還不錯。」

「另外，伊蒂絲小姐要不要試著寫一些服務讀者的劇情呢？」

「服務讀者？」

「例如女王跟桃樂絲大人一起洗澡，然後互相稱讚對方的胴體很美麗之類的……啊啊啊，請、請不要用那種眼神看我！我只是覺得這樣應該可以增加話題性，絕對沒有什麼不良企圖！」

「哼，我會考慮的。」

「真不好意思，讓您看笑話了。那麼我們繼續討論吧。」

※◆※◆※◆※

伊蒂絲與西格爾就這樣在「聖潔羽毛」坐了將近兩小時，在這段期間，兩人的話題從桌上的原稿一路聊到黑曜宮的生活。在外人眼中，他們看起來就像是一對正在約會的情侶。

「哎呀，時間也差不多了。太遺憾了，快樂的時光總是過得特別快……啊，這是這星期的分。」

西格爾將一個厚紙袋交給伊蒂絲，裡面裝著他從情報販子手中弄來的消息。

「要不要我送您回去內城區？」

「算了吧，被那群蒼蠅看到，你會煩到晚上都睡不好覺。」

伊蒂絲拒絕了西格爾的提議。一旦被那群隨從察覺到她跟西格爾有所接觸，青年商人將被迫面對數不完的麻煩，對桃樂絲一黨有興趣的貴族們會像是嗅到蜜糖的蒼蠅般圍上來，運用各種合法與不合法的手段從他身上挖出情報。

「說得也對。」

西格爾露出苦笑。大人物的世界充滿風波，像他這樣的小人物要是不夠謹慎，轉眼之間就會滅頂。

「那麼我就不送您了。您知道怎麼回內城區嗎？」

「當然，朝著鐘塔走就行了。我上次就是這樣回去的。」

或許是優越感作祟，內城區的鐘塔故意建得比外城區高上兩倍，十分顯眼。想要前往內城區，只要朝著最高的鐘塔走就絕不會有錯。

兩人的會面就此結束。

等確定伊蒂絲離開後，西格爾重新取出了紙袋裡面的稿子，然後拿出鉛筆開始在上面又圈又畫地修改起來。

「這裡不行……這裡也是……哎呀，這個根本不合理吧？沒人會相信啊……這裡、這裡、這裡，還有這裡……」

西格爾一邊嘟噥一邊修正。雖然只有短短二十張，但西格爾還是花了將近兩小時才把它修改好，並且重新抄寫一遍。礙於時間，他的字寫得非常潦草，但無所謂，重點是內容。

西格爾重新讀了一遍，確定沒有問題之後，他將稿子裝回紙袋，從椅子上站起來。付完昂貴到令人心痛的帳單後，西格爾離開了「聖潔羽毛」，二十分鐘後，他來到一間裁縫店門口。經歷一連串的身分認證程序，青年商人總算見到了他的合作對象，也就是名為虎爺的老人。

「喲，第六代。」

虎爺叼著菸斗，滿臉笑容的跟西格爾打招呼。西格爾將紙袋扔到虎爺桌上。

「拿去，你要的東西。」

「哦哦！」

虎爺雙眼放光，迫不及待地打開紙袋，拿出裡面的稿子開始細細閱讀。過了好一會兒，他才放下稿子，滿足地吐了一口長氣。

「原來如此，你們當初見到女王陛下的時候，竟然發生了這些事情啊……不過怎麼只有這一點？」

「慢慢來，咱們有的是時間嘛。這樣賺得才多啊，不是嗎？」

「……第六代，你可真壞。」

「這也是跟虎爺你學的。」

兩人互相對望，接著不約而同地發出「嘿嘿嘿」的笑聲。

這份稿子就是西格爾用來跟虎爺交易的籌碼，也就是「女王為何接納桃樂絲一黨」的情報。當然，內容完全是胡扯。

這是傑諾想出來的點子。

利用假情報混淆視聽，同時換取有用的情報，這招可謂一石二鳥。反正沒有人知道莎碧娜是如何與桃樂絲一黨搭上關係的，亞爾卡斯等人也不可能跳出來說明真相，在這種情況下，一切都是他們說了算。

由於莫浩然與零必須處理政務，紅榴沒有興趣，因此這件事便交由伊蒂絲與西格爾負責了。

原本伊蒂絲也想要拒絕的，但是西格爾卻用「不如用小說的形式來表達吧？」這句話，徹底點燃了伊蒂絲的鬥志。

喜歡看小說的人，心中多少會有「自己也想寫一本小說」的念頭，於是伊蒂絲接受了這份工作。

她之所以整天流連於王家圖書室，就是為了尋找資料與靈感，好寫出具有說服力的小說（假情報）。西格爾的工作就是將這些小說（假情報）修改得更加合情合理，然後交給虎爺。

「不過真沒想到，這玩意兒竟然這麼受歡迎。」

虎爺一邊將稿子收回紙袋，一邊感慨地說道。

當初西格爾第一次將稿子交給虎爺的時候，這個老人當場大發雷霆，差點就要叫人把西格爾拖出去宰了。

幸好西格爾使盡全力說服他，要他先把這份稿子透露給一小部分的貴族知道，等見到對方的反應後再殺他也不遲。

結果這份稿子大受好評！

貴族們原本就對女王陛下的失蹤充滿好奇，以小說形式呈現情報的手法也很新穎，再加上故意添加的戲劇性要素，三者相乘的結果，就是這份稿子以驚人的速度在貴族之間口耳相傳，變成了茶會與宴會的必談話題。

持有稿子的貴族變成了眾人爭相邀請的對象，大家都想聽他述說故事的第一手內容，甚至有人願意砸大錢買下這份稿子。虎爺笑呵呵地親自將西格爾從地牢放出來，請他吃了一頓賠罪餐。

於是，新銳小說家伊蒂絲與黃金編輯西格爾的連載之路，就這樣華麗的展開了。

「就算是高高在上的貴族老爺，也是需要娛樂的嘛。」

西格爾開玩笑似的回答。虎爺聽了哈哈大笑。

「沒錯、沒錯。說得好，第六代。」

「另外，順便附送一個好消息吧。」

「哦？」

「雖然還不是很確定啦，不過下一次的稿子，聽說內容很棒喲。」

「很棒？怎麼說？」

「女王陛下跟桃樂絲大人一起洗澡的……」

「什麼——！」

虎爺猛然拍桌，整個人從椅子上跳起來。他的雙眼布滿血絲，鼻孔用力噴氣，表情異常激動。

「這、這是真的嗎！」

「哎，不是說不確定了嗎？雖然在旅途中確實有過這件事啦，可是我不知道伊蒂絲小姐敢不敢寫呀。這可是會掉腦袋的事呢。」

「請勸勸伊蒂絲小姐，拜託她一定要寫！這麼珍貴的歷史資料要是就此埋沒，可是全首都……不，是全雷莫的損失啊！」

「這個、請別為難我啊，虎爺。我只是一個跑腿的，怎麼可能有辦法說服伊蒂絲小姐呢。」

「不不不！你今天在『聖潔羽毛』，不是跟伊蒂絲小姐聊得很愉快嗎？我知道你們的交情非比尋常，這件事只有你才辦得到！」

虎爺不經意地透露了自己有在監視西格爾一事，不過這早在意料之中，所以西格爾並不是非常在意。

「如果你能說服伊蒂絲小姐的話，這個就是你的！」

虎爺從桌子抽屜裡面拿出一個小皮袋，然後將它扔給西格爾。西格爾打開袋口，裡面裝滿了閃亮耀眼的銀幣。

「五十銀夸爾。事成之後，我再給你五十銀夸爾！」

西格爾摸著下巴，露出非常為難的表情。

「好吧，一百銀夸爾！」

西爾格揉著眉間，露出有些為難的表情。

「兩百銀夸爾！不能再多了！」

西格爾挺直了身體，表情嚴肅地看著虎爺。

「如此珍貴的史料要是無法流後傳世，將會是全人類的損失。請放心，我一定會全力說服伊蒂絲小姐的！」

「拜託你了，第六代！」

「交給我吧，虎爺！」

兩名男人緊緊地握著手，雙眼燃燒著比盛夏陽光還要猛烈的熱情。

※◆※◆※◆※

時值向晚時分，在火紅色的晚霞映襯下，無數道炊煙從煙囪緩緩升起，構成一幅充滿生活感的風景畫。

忙碌了一整天的男人們紛紛踏上歸途，期待著家中的妻子或母親所準備的晚餐。在這些歸心似箭的人裡面，也包括了像大秘書官帕爾特這樣的高級官員。

帕爾特很少與人交際應酬，下班後總是立刻回家。這是因為他知道自己的工作涉及太多機密，不知有多少人想用酒、金錢或女人撬開他的嘴，好拿到那些秘密消息。因此要避開危險，最好的方法就是不要接近危險，所以就算被人說是「無趣的傢伙」或「畏妻男」，帕爾特子爵還是繼續過著規律到近乎乏味的生活。

「哦，今晚這麼豐盛啊？」

看到餐桌上的菜色，帕爾特發出了滿意的聲音。柔軟的白麵包、香濃的燉肉、鮮豔的四色蔬菜沙拉、香氣四溢的烤魚，每一樣都令人食指大動。

「看你最近工作那麼辛苦，想說幫你補充點精力。」

「哦喲，那我就不客氣了。」

帕爾特帶著笑容坐入椅子，與妻子一起享用豐盛的晚餐。雷莫貴族的餐桌禮儀並沒有禁言這一項，在吃飯之餘，帕爾特子爵也跟妻子聊起了工作上的趣事。

「陛下的客人今天又惹麻煩了。」

「又怎麼了？」

「那個獸人差點把王家花園拆了。最後是陛下親自出馬，才把那個獸人安撫下來。

艾瑞爾跟波桑那時的表情……算了，我實在不忍心講。」

艾瑞爾與波桑正是負責處理紅榴與伊蒂絲日常行程的官員，兩人都是帕爾特的得力部下。

「陛下沒有生氣嗎？」

「沒有，今晚也一樣跟她們一起吃飯了。」

「哎呀，今天也是？」

「是啊。陛下太恩寵她們了。」

與家人一起晚餐是雷莫流傳已久的宮廷傳統，然而莎碧娜未婚，因此晚餐經常召來重臣作陪，順便討論政務。對貴族來說，與莎碧娜同進晚餐既是榮耀，也是受到器重的證明。

自從莎碧娜歸來後，共進晚餐的殊榮一直被桃樂絲一黨所獨占。除了雷莫雙壁以外，莎碧娜幾乎沒有召過其他臣子。在外人眼中，這正是桃樂絲一黨深受寵信的象徵。

「我真搞不懂陛下為什麼會那麼信賴她們。不過就是兩個來歷不明的魔法師，還有一個野蠻的獸人罷了。」

帕爾特一邊搖頭嘆氣，一邊用麵包沾了沾燉肉湯汁，然後一口咬下。吸飽肉汁的麵包被牙齒咬碎的舒爽口感，令他感到無比滿足。

「可能陛下與她們幾個一起行動時發生了什麼事吧。唉，真希望新刊連載的頻率能加快。」

「新刊……？哦，妳是說那個小說？叫什麼女王大冒險的？」

「那篇小說的名字才沒那麼低俗呢！『女王大冒險』是別人亂叫的，目前還沒有正式的名字，巴蘭夫人她們都叫它『歸家紀實』。」

這名字也沒高雅到哪裡去呀，帕爾特心想。但這會連別人家的女眷也一起罵進去，有損貴族氣度，所以他把感想吞回自己的肚子裡。

「妳可別太相信那篇小說喲。來源可疑，也不知道內容是真是假。」

「哎喲，要是有問題的話，陛下早就出來說話了。」

帕爾特一時間不知該如何反駁，只好沉默以對。幾乎全首都的貴族都聽說了那篇奇特的小說，莎碧娜不可能不知道。

（也就是說，那是經過陛下的默許嗎？難道其中有什麼政治考量嗎？還是說，那是某個計畫的布局……？）

帕爾特突然覺得自己或許也該看看那篇小說了。身為大秘書官，要是無法充分揣摩上意，那可是嚴重失職。

「對了，有人說陛下這次回來，就像是變了個人一樣。你有這種感覺嗎？」

「變了個人？」

帕爾特眉毛一揚，然後搖頭否認。

「不，沒這種感覺。雖然比以前更安靜，但也只有那樣而已。」

「真的沒有任何問題嗎？像是工作時的速度突然變慢很多，或是忘記很多事情和人名之類的？」

「陛下處理工作的速度跟以前一樣完美……不，應該說手腕更加高超了。」

帕爾特想起今天看到的、有關新型藥品開發申請的公文。以前的莎碧娜在看出問題後，會要求下屬立刻徹查，對待錯誤毫不留情，現在卻懂得將公文退回重審，釋放更加柔性的警告訊號。這是值得高興的改變。

鐵腕政策雖然容易豎立權威，但也容易樹敵。

「為什麼問這種事？妳聽說了什麼嗎？」

帕爾特皺眉問道。他覺得妻子不會無緣無故地突然說這些話，背後必定有其原因。

「沒有啦……今天跟巴蘭夫人她們喝茶的時候，剛好聊到一部叫《雙面王子》的戲劇，大家就說要是真的發生這種事的話該怎麼辦，所以我就想問你一下。」

「別把現實跟小說混為一談，那種事是不可能發生的。妳以為要扮演另一個人很容易嗎？」

「哎，只是問問看而已嘛。」

「在家裡就算了，到了外面，這種事可別亂說，會惹來大麻煩的。」

「我知道。」

「真是的，無聊的流言已經夠多了。這時候妳們還有心情玩這個，莫非嫌這個國家還不夠亂？」

帕爾特忍不住多嘮叨了兩句。若是從大秘書官的妻子口中傳出「女王是假貨」這種話，問題可就大了。

「我就說我知道了嘛。」

妻子有些委屈地鼓起臉頰，撕麵包的動作變得稍微有些粗暴。

帕爾特覺得自己似乎把話說得太重了，但轉念一想，覺得這樣也好。畢竟現在正值敏感時期，有必要讓妻子意識到謹言慎行的重要。反正妻子是那種會將不愉快的事情迅速忘掉的人。

「對了，說起流言……」

果不其然，妻子才安靜沒多久，就主動挑起了新的話題。

「之前都是因為庫布里克公爵說陛下死了，事情才會鬧這麼大。怎麼還沒追究他的造謠責任呢？」

「哪有這麼簡單。人家可是公爵——不，是超越公爵的大貴族呢。」

帕爾特嘆了一口氣。

「我覺得陛下最近變得不太講話，就是因為在煩惱該如何處理庫布里克公爵。要是弄不好，可是會引發內戰的。」

「有這麼嚴重？」

「平時是不會的，但我們現在正在跟亞爾奈交戰。」

帕爾特沒有再多做解釋。都說到這種地步了，他相信妻子不至於猜不出個中原因。

果然，妻子沒有再問下去。

「不過，陛下也不可能一直縱容庫布里克公爵。」

帕爾特露出冷笑。

「如果我猜得沒錯，明天的院議會變得很有趣吧。」

# 偽裝日 04

巴魯希特

大約從早上八點開始，位於巴爾汀內城區東側的大議院門口開始排起獸車的長龍。大議院是高階貴族舉行會議的場所，其外觀自然雄偉至極。在首都巴爾汀，它是豪華程度僅次於黑曜宮的建築物。

在大議院召開的會議，也被稱為院議，每週一次，每次至少半天。院議所討論的內容，大多是重要的國家政務，如稅率的變化、法律的制訂、軍隊的結構調整……凡是具有重大影響力的政策，都要先通過院議這一關。這裡是高階貴族權力博奕的場所，也是不流血的戰場。

凡是參加院議的貴族，都會搭乘獸車前往大議院，然後在門口停車，由車夫開門，讓貴族徒步走入議場。

這一整個流程不需要花費多少時間，但若是數百名貴族同時這麼做，而且全都限定在某一時段內的話，道路堵塞也就成為必然之事。

走路前往大議院是比較明智的作法，但現實中沒有任何一個貴族會做出這種有失體面的事。

人類這種生物，或多或少都會以虛榮作為精神食糧，何況還是貴族這種自尊極高的存在。

能夠獲准踏入大議院的貴族，不是高官顯爵，就是地位尊崇，他們充滿了人上人的自覺，絕不允許自己做出有失身分的事情。也因為這種心態，使得他們每週都得像平民去市集購物一樣，飽嘗舉步維艱之苦。

法魯斯在等待了二十分鐘後，終於輪到自家獸車停駐大議院門口。他一邊在心底咒罵這該死的道路壅塞，一邊走向議場。

在過去，他絕不會對這種小事感到焦躁。但最近他遇到太多不順心的事情，情緒的沸點也跟著降低了。

在路上，可以見到相熟的貴族彼此問安。

這不是普通的問安，而是確認陣營的訊號。

人類從幼兒時期開始便懂得建立集團、排擠他人，這點直到長大成人也不會改變。處得來的人就打招呼，處不來的人就不予理會，想要確認友誼圈，這是最簡單的方法。

但放到貴族身上，就不只是「處不處得來」的程度了，而是攸關利益，甚至涉及生死存亡的問題。

跟上週比起來，這次院議跟法魯斯打招呼的人變少了。這是一個不好的信號，法魯斯的心情開始變差。

「早安，法魯斯伯爵大人。」

法魯斯停下腳步。跟他打招呼的是一名棕髮中年人，法魯斯立刻綻開笑容。

「早安，埃拿子爵。」

埃拿子爵是法魯斯的同志，也就是立場偏向庫布里克公爵的貴族。

埃拿家族的族長也是伯爵，其領地位於雷莫東側，由於距離庫布里克公爵的領地極近，因此雙方常有往來，關係極佳。

埃拿子爵是他的長子，奉命駐留首都、出席會議。說好聽點，埃拿子爵是留在首都為家族爭取權益，說難聽點，就是人質之流的角色。

有資格踏進大議院的貴族，大多是像埃拿子爵這樣的人。再來就是因故不得不逗留首都的貴族——例如像亞爾卡斯一樣正值參謁期，或是像法魯斯一樣因犯錯而奉命在首都反省。

「伯爵大人今天也是意氣飛揚啊！看到您精神十足的模樣，我們比什麼都放心。」

埃拿子爵熱情地握著法魯斯的雙手，奉承之意顯而易見。

他口中的「我們」，指的自然是同樣支持庫布里克公爵的貴族陣營。

自從法魯斯發動上議請願後，大家便把這位年輕伯爵視為庫布里克公爵的同路人。在首都，表態站在庫布里克公爵那一方的貴族並不算少，這個陣營的核心人物原本是一名庫布里克家族派駐於此的子爵，可惜此人性格懦弱，同時能力不足，所以爵位更高的法魯斯一出現，立刻被眾人拱上領袖的位子。

「過獎了，埃拿子爵看起來也是容光煥發。是說，大家都進去了嗎？」

「是的。就等您了。」

看來埃拿子爵是特意站在門口等自己的。察覺了這一點的法魯斯，心中升起一股淡淡的優越感。

「對了，伯爵大人。我剛才收到消息，聽說有人要在今天的院議，提出對公爵大人不利的議案……」

埃拿子爵低聲說道。

「我知道。」

法魯斯點了點頭，他昨晚就收到風聲了。

「不用擔心，我會妥善處理。」

「可是……」

「上面說了，這件事交由我全權負責。」

「哦哦，原來如此！不愧是伯爵大人，原來您已經跟公爵大人聯絡上了嗎？拉亞那傢伙，問他什麼都說不知道！」

拉亞正是那位庫布里克子爵的名字。在傑洛，直呼名字是一件相當失禮的行為，可見埃拿子爵對此人有多不滿了。

「伯爵大人，如果可以的話，能對我透露一下公爵大人的指示嗎？讓大家有個心理準備，到時也好配合您……」

「不用緊張，等一下你們就知道了。」

法魯斯拒絕了埃拿子爵的請求。

事實上，埃拿子爵的父親埃拿伯爵也是晨曦之刃的高階幹部之一，屬於能推心置腹的對象。然而身為兒子的埃拿子爵並未加入晨曦之刃，法魯斯不敢太過信賴他。

（不，他有沒有辦法回應我的信賴，或許還是個問題呢……）

在法魯斯眼中，像埃拿子爵這種會被扔來首都作為人質的傢伙，能力方面實在不值得期待。

如果是有潛力的人才，族長應該會放在身邊用心培育才對，扔到首都這種容易溺於享樂的環境，再優秀的種子也長不出好芽。

也正因為首都有許多能力不足的垃圾貴族，法魯斯才能號召一批人發動上議請願。如果真的是有眼力、有城府的優秀人才，斷然不會做出如此魯莽的事情吧？他們可不像法魯斯一樣，收到了來自上面的明確指示，有著非做不可的理由。

「好了，我們進去吧。」

隱藏起心中的冷笑，法魯斯邁步走入大議院。

※◆※◆※◆※

大議院的議場是一個能夠容納千人的半圓形空間，整體布置給人一種沉穩的感覺。每個座位都有厚實的桌子與舒適的椅子，由於沒有特別指定座位，因此想坐哪裡屬於個人自由。

也因為這種自由，眾人得以充分發揮群聚動物的習性，選擇與跟自己同一派系的人坐在一起。這麼做的好處是，各個派系的勢力大小可以很直觀地看出來。

庫布里克公爵一系坐在議場的東側，從勢力版圖來看，屬於中等偏下的規模。在庫布里克公爵晉升王級魔法師之前，這個派系其實是不存在的。正因如此，除了原先就與庫布里克公爵交好的人，會投入這個派系的大多是投機者或失意者，足夠優秀的人才很久以前就被其他派系拉走了。

即使如此，庫布里克公爵一系依舊不容小覷。

「晉升王級」這件事本來就是一個雄厚的資本，沒人敢正面得罪他們。原本庫布里克公爵一派最大的弱點，就是坐鎮首都的指揮官太過無能，但在年輕有為的法魯斯伯爵加入後，這個弱點也跟著消失了。

雖然法魯斯不久前才鬧出了上議請願的笑話，但明眼人都知道，那恐怕是女王一系事先準備好的陷阱。法魯斯的請願時機其實選得很好，如果不是女王戲劇性的回歸，這位年輕伯爵將成功建立堅實的政治地位。

九點整，大議院開始關閉大門。這時還沒進入議場的貴族，一律被視為放棄出席本次會議。

這時，位於議場另一側、僅讓君王通過的門扉也打開來，四周的談笑聲戛然而止。

美麗的身影從門後現身。

從門後走出來的，是有著令人屏息的美貌與無上威嚴的女王。華麗的黑色禮服奪走了眾人的目光，議場在這一瞬間陷入絕對的寂靜。就連對莎碧娜心懷不滿的人，也不得不承認這位女王的過人風姿。她的一舉手一投足都像是散發著光輝，令人移不開眼睛。

跟在莎碧娜後方的，是近來在貴族之間成為熱門話題的女王近侍。

「喔……那就是桃樂絲嗎？挺年輕的嘛。」

「連這種場合都把她帶在身邊嗎？寵信也該有個限度。」

「算了吧，也沒人說不能這麼做。」

「照你這麼說，我是不是可以帶個僕人進來？」

「可以呀，如果你的僕人是魔法師的話。」

在女王走上主席臺的時候，貴族們開始竊竊私語。除了少數人以外，絕大部分的首都貴族都沒有見過桃樂絲。

「長得不錯嘛……聽說她有男爵級的實力？」

「我聽說是子爵級？」

「不只吧，她不是打倒過變異戰蛛獸嗎？那可是七級怪物。」

「喂，你該不會說她是侯爵級吧？侯爵級的侍衛？別笑死人了。」

有關桃樂絲的傳聞，在場的貴族多少都有聽說過，他們知道的越多，便越是對這位白髮少女感到好奇。

在雷莫，怪物的級數是根據「討伐者能否獨自解決」這項標準而認定的，從唯有王級魔法師才能獨自討伐的九級，一路排到騎士也能獨自討伐的一級。

在魔王寶藏事件中出現的變異戰蛛獸，正是不出動侯爵級魔法師不足以獨自討伐的七級怪物。

「各位，請肅靜！我以院議司儀的身分宣布，會議開始！」

一名中年男子站在主席臺下方大聲喊道。

院議司儀並非常設職位，而是交由貴族們輪流抽籤負責。由於這是一個能在眾人面前展露談吐、儀態與能力的機會，表現傑出的話，甚至會被強力派系視為值得吸收的人才，因此相當受到歡迎。

「今天總共有七個議案要討論。第一個議案，是關於北方六城聯合提出的河川疏浚工程。中央政府與地方城主分擔的預算比例，以及後續的……」

除了北方六城的代表，以及與他們有關係的人以外，其他貴族不是漫不經心，就是低聲談笑。對於無關自身利益的議案，他們根本懶得理會。表面上這是北方貴族與王室之間的博奕，但雙方早在半年前就在私底下進行條件交換，現在只是藉由這個場合，讓所有貴族做個見證而已。

將結果公諸於世，讓當事人無法賴帳——這才是院議最大的功能。

「第二個議案，是加姆列城與查坦城的帳務糾紛。現在，先請加姆列城的代表上臺陳述……」

無法透過既有法律解決的爭執，也會被擺到院議解決。這種議案是最花時間的，而且不是光靠一、兩次院議就能搞定，因為其裁決結果會被列入法典，影響深遠。由於涉及貴族利益，所以大部分人都打起精神聆聽。

會議順利地進行著。

有很快就解決的議案，也有無法取得共識而擱置的議案。在下午三點左右，終於只剩下最後一個議案要解決。

因冗長會議而感到疲憊的貴族們，此時卻隱隱激動起來。議場裡飄浮著興奮的空氣，大家都知道，這次院議最大的好戲即將開始。

擔任司儀的中年男子彷彿也被這股浮躁的氣氛所感染，臉色有些漲紅。接著他深吸一口氣，喊出了最後議案的內容。

「關於庫布里克公爵晉升之事，札庫雷爾公爵提議授以輔王之爵位。」

在場的貴族全部倒吸一口氣，就連女王一系的支持者們也做出同樣的動作。

輔王——意即輔佐國家的王。

輔王擁有第一順位繼承權，若是現任國王去世，則輔王無條件即位；若有複數的輔王，則由國王指定繼任者。顯而易見的，這是為了避免王級魔法師之間因爭權奪利導致國家崩壞的權益策略。

三年多前的王位爭奪戰——以同樣擁有輔王資格的長子阿瑪迪亞克與么女莎碧娜為主角的雷莫內戰——正是由於國王驟逝，來不及指定繼任者而爆發的激烈鬥爭。

如果庫布里克公爵的晉升為真，授以輔王爵位是很正常的事。但就是因為太正常了，才讓眾人大吃一驚。

原因無他——莎碧娜未婚，也沒有子嗣。

自雷莫建國的一千多年來，王冠一直是艾默哈坦家的所有物。這個家族有著極為優秀的魔法師血脈，誕生王級魔法師的機率高得嚇人。可以想見的是，一旦莎碧娜有了子嗣，將來很有可能又是一位王級魔法師。

在這種情況下，莎碧娜怎麼可能坐視外人介入，影響她未來的統治？

（等等，這是札庫雷爾提議的。莫非他倒向庫布里克那邊了？）

雷莫雙壁對銀霧魔女的忠誠眾所皆知，就算庫布里克公爵真的晉升為王級，一王二公爵的組合也足以徹底壓制他，但若是其中一人倒戈了……

眾人腦中開始編織各種不吉利的想像，並為此騷動不已。女王派臉色鐵青，庫布里克公爵派欣喜若狂，中立派不知所措。環顧整個議場，能夠保持沉穩的恐怕就只有坐在主席臺上的莎碧娜，以及身為提案人的札庫雷爾了。

「要授爵的話，儀式必須在首都……」

突然，不知哪一個人說出了這句話。

這句話就像是傳染病一樣，迅速擴散到整個議場。所有人全都露出領悟了什麼的表情，這次輪到女王派露出微笑，換庫布里克公爵派大驚失色。

授爵儀式必須在首都進行。

巴爾汀可是莎碧娜的主場，庫布里克公爵一旦進來，可能永遠都出不去了！

「不不，等一下，陛下真敢這麼做嗎？」

「笨蛋，之前傳聞女王駕崩，你以為誰的嫌疑最大？」

「你敢在自己的地盤暗算我，我就敢在自己的地盤解決你，是嗎……」

「漂亮的反擊啊！庫布里克公爵不來，就有理由討伐他了。」

「札庫雷爾公爵果然還是站在女王那一邊的。」

議場再次陷入騷動，原因卻與先前完全相反。一旦這個議案通過，庫布里克公爵將陷入絕境。

「請等一下！」

一道聲音突然響起，壓下了充斥議場的低語聲。那名發出宏亮聲音的男子站起來，頓時成為議場的視線焦點。

此人正是法魯斯。

「這個提議是不是太倉促了呢？庫布里克公爵大人晉升一事都還沒獲得確認，就在這邊談授爵的事情，未免太早了一點。我認為應該先確認公爵大人的晉升，然後再談授爵的事情，這才是正確的作法。」

法魯斯臉色陰沉地說道。身為庫布里克公爵一系卻說出這種話，實在是一件丟臉的事，但他不得不這麼做。

（混帳，竟然給我來這招！）

庫布里克公爵對法魯斯下達的指示是——拖延女王一系的行動。

雖然不知道這麼做的理由為何，但法魯斯還是準備了實現這個指示的武器。他本來的打算是，在院議的最後提出緊急議案，追究桃樂絲侵吞魔王寶藏的責任。根據莎碧娜重視桃樂絲的程度，這招想必可以讓她頭痛一段時間吧。

至於傳聞中的「女王將對庫布里克公爵不利」的消息，法魯斯自己在家裡推演過，認為對方能用的招數，無非是在當初的間諜誘殺行動上面挑毛病，以「保護女王不力」或「事前調查不足」等理由為藉口，追究庫布里克公爵怠忽職守的責任，沒想到女王竟然打出「將庫布里克公爵召來首都」這張牌。

事到如今，再怎麼懊悔也沒有用了，法魯斯只能想辦法補救自己的疏忽。

但是，法魯斯也知道自己的意圖恐怕無法實現。

「這不是問題。」

只見札庫雷爾緩緩站起身來，用讓人聯想到堅固城牆般的渾厚聲音開口了。

「將庫布里克公爵召來首都確認即可。若是屬實，就能立刻舉行授爵儀式。」

「這不符合程序！」

「哪裡不符合？沒有人規定確認晉升這件事，一定得在當事人那邊才能做吧？在首都確認，不是更能體現我們對於此事的重視嗎？對老公爵來說，這也是一種光榮。」

法魯斯一時間說不出話來。

的確，沒有哪一條法律規定該在哪個場所確認魔法師的晉升，札庫雷爾的論點無懈可擊。

「還有人有意見嗎？沒有的話，請各位開始表決吧。」

札庫雷爾用充滿霸氣的目光掃了議場一圈。庫布里克公爵一系的支持者雖然焦急，但他們也想不出什麼好理由反對這項提案。

難不成要叫他們攻擊自己的派系首領，說庫布里克公爵的晉升有問題？要是真的這麼做了，他們整個派系都會淪為笑柄。

「開始表決。支持的人請舉手。」

司儀大聲說道。

最後，在超過三分之二的人贊成的情況下，此一提案通過了。

法魯斯面無表情地坐在位子上，連自己原本要提出緊急議案的事都忘記了。

就這樣，院議結束了。

※◆※◆※◆※

「我們根本沒有輸。」

對著面露擔憂神情的派系同志們，法魯斯一臉輕鬆地說道。

院議結束後，法魯斯邀請了所有支持庫布里克公爵的貴族，在自宅以茶會為名義辦了一場聚會。

因為是臨時邀約，理所當然地端不出什麼好東西來招待，但客人那一方並不介意，畢竟他們的心思本來就不在這裡。

比起茶葉與茶點，這些貴族們更關注的是政治情勢。

女王一系的議案，無疑是將庫布里克公爵逼入絕境。要是老公爵垮臺，他們這些支持者也會跟著倒楣，因此一聽到法魯斯的邀請，他們二話不說就答應了。

當眾人全部落坐之後，法魯斯一開口就是這句話。眾人聞言不禁面面相覷，他們看不出來己方陣營究竟哪裡沒有輸。有些人甚至露出不耐煩的眼神，認為這是安慰他們的託詞。

「您說……我們根本沒有輸？」

在這種浮躁的氣氛下，率先發問的是埃拿子爵。

在這個派系中，他算是最有能力的人，因此威望僅次於法魯斯。至於坐在一旁的庫布里克子爵，眾人壓根就不承認他是庫布里克公爵的首都代理人，只把他當作標誌一般的存在——給予敬意，但不會聽從命令。

「當然。只是通過一個無關緊要的議案罷了。你倒是說說看，它會為公爵大人帶來任何實質上的損失嗎？只要公爵大人不來，這個議案就只是一紙笑話。」

「可是，如果公爵大人到時候不來的話，陛下就可以聲稱公爵大人企圖謀反，出兵討伐了啊？」

「即使在亞爾奈大軍壓境的情況下？」

「啊……」

「放心吧，咱們的女王陛下絕對不敢動手。公爵大人只要隨便找個生病之類的藉口敷衍過去就行了。要是陛下一意孤行，輿論反而會站在我們這邊，因為是陛下將國家陷入了內外受敵的局面。」

法魯斯為眾人分析這個議案究竟會帶來什麼樣的影響，他的結論是：毫無影響。

「這個議案被提出來時，一開始我也是嚇了一跳，但後來仔細一想，根本沒有懼怕的必要。既然無礙大局，讓女王一系得逞也無妨。不，應該說讓他們得逞更好，他們會以為自己穩操勝算而開始鬆懈，更方便我們布局。」

「原來如此，您後來一句話也不說，就是因為看穿了一切啊！」

埃拿子爵忍不住大聲讚嘆，其他人也同樣鬆了一口氣，紛紛稱讚法魯斯眼光過人、機敏睿智。

「……可是，如果這個議案一點意義也沒有，札庫雷爾公爵為什麼要提出來呢？」

就在這時，庫布里克子爵用膽怯的聲音提出了疑問。

庫布里克子爵是一位留著整齊的鬍鬚，容貌風雅的中年男子。雖然正值年富力強的歲數，但因為長期沉溺酒色的關係，臉色異常蒼白，整個人看起來無精打采，就連聲音也透著一股病態的軟弱。眾人經常在私底下笑他：「只有在女人的肚皮上時，才會露出雄壯的姿態。」

此人雖然軟弱無能，但是因為身負「庫布里克」這樣的名門姓氏，所以很難無視他的存在。

法魯斯討厭無能者，特別是無能卻又質疑自己的傢伙，但礙於對方的身分，他還是耐著性子回答。

「因為他們也在布局。」

「布局？」

「是的，布局。各位應該也有過類似的經驗吧？這邊做點準備，那邊做點準備，看似是不重要、沒有關聯的小事，但在發動真正的攻擊後，這些小事就會突然產生作用，為扳倒敵人貢獻出意想不到的力量。女王一系就是在做這樣的事。」

法魯斯一邊說明、一邊環顧四周，與他視線對上的貴族們紛紛態度曖昧地點了點頭。事實上他們根本沒有這種經驗，要辦到法魯斯所說的事情，需要縝密的思慮、長遠的眼光與高超的手腕，這些條件他們完全不具備，否則早就被其他派系吸收了。

「布局雖然重要，但在決定性的攻擊發動前，沒必要太過在意。我們該關注的，是女王一系究竟準備用什麼樣的武器來對付公爵大人，只要搶先破壞，女王一系的布局就會全盤失效。反過來說，要是我們光顧著破壞女王一系的每一個布局，反而會中了對方的計謀。」

「原來如……啊，我是說，果然是這樣！」

「我也覺得應該是這樣沒錯。」

「真是狡猾啊，連我都差點上當了呢！幸好伯爵大人看穿了他們的計策。」

眾人連忙附和法魯斯，擺出一副「我可不是什麼都不懂哦！」的姿態。

在放下心中的大石頭後，眾人開始享受談話的樂趣。話題無非是女王一系太過跋扈，等庫布里克公爵掌握大權後好日子就要來了之類的。這些人不是以能力，而是以舌頭為畫筆，盡極所能地描繪著美好的未來。

茶會不久後就結束了，法魯斯親自將他們一個一個送出家門。等到目送最後一個貴族離開後，他回到了自己的書房，表情完全不復先前的輕鬆。

「一群笨蛋！」

法魯斯一邊怒聲咒罵，一邊將桌上的東西全部掃到地上。

「怎麼可能沒關係？竟然沒有一個人看出來嗎？蠢材！全是蠢材！」

法魯斯用力蹬腳，為剛才親自送走的那群無能者而憤怒。

札庫雷爾的提案是女王一系的布局，這件事法魯斯並沒有說錯，但其實後果沒有那麼簡單。

若是女王一系像現在這樣逐步累積優勢，中立派貴族很可能會徹底倒向女王那一方。除此之外，女王一系的聲勢越是高漲，他們這一邊所提出的議案就越難通過。

在院議的最後，法魯斯之所以不提出事先準備好的緊急議案，就是因為他看出氣氛不對。

當時整個議場都認為女王一系已經獲勝，在這種情況下，除非法魯斯提出逆轉性的議案，否則只會讓人覺得自己正在垂死掙扎，難以獲得眾人的支持。

有時候院議這種東西就跟打架一樣，誰的氣勢強，誰就能爭取到更多票數，議案的正確性反而被擺到第二位。

這種時候，唯一的應對方法就是與中立派貴族交涉，就算無法爭取支持，至少也要說服他們繼續保持觀望。

然而，按照剛才那群無能貴族的表現，法魯斯根本不敢把這件事交給他們。要是那些笨蛋反過來被中立派駁倒，只會為己方帶來更大的恐慌。

盡情發洩完累積的壓力後，法魯斯深深嘆了一口氣。

「容易哄騙是好事，但蠢到什麼都做不了也讓人頭痛……」

就連最有能力的埃拿子爵都是那個樣子，法魯斯實在不敢託付他們任何事情。

但在煩惱同伴的無能之前，還有更重要的事必須處理。

「要怎麼跟公爵大人報告呢……」

望著凌亂的地板，法魯斯再次嘆息。

※◆※◆※◆※

院議結束後的第三天，法魯斯的報告書送到了撒謝爾城。

在信裡，法魯斯措辭謹慎地說明了院議的經過，以及他對此事的分析，最後對自己無法阻止對方一事鄭重謝罪。

「無聊。」

庫布里克伯爵看完信後，語氣輕蔑地做出了評論。

庫布里克伯爵絕頂聰明，再加上他掌握著諸多不為人知的秘密，因此很快就看出這項議案背後所隱藏的目的。

無論是一般人眼中的陷阱論，或是法魯斯眼中的布局論，統統都是基於訊息不對稱所做出的判斷。

只有像他一樣站在執棋者的位子上，才能看出敵對的執棋者究竟在想什麼。

女王一系想要拖延時間。

庫布里克伯爵大概猜得出女王一系的心思。那些人相信莎碧娜還活著，只是不知流落何方而已，所以才會想出這種辦法，為的就是爭取時間，把莎碧娜找出來吧。

「哼，替身嗎？真虧他們想得出這招。」

當初聽聞莎碧娜現身黑曜宮時，庫布里克伯爵也嚇了一大跳，連忙把巴魯希特找來質問。

在巴魯希特賭上性命發誓莎碧娜仍處於封印狀態後，庫布里克伯爵便知道首都那群人在玩什麼把戲了。

但，庫布里克伯爵沒有揭穿他們。

一旦揭穿此事，女王一系必然分崩離析，雷莫的王冠也會立刻落入庫布里克伯爵手中吧。只不過，庫布里克伯爵基於某種原因，決定先隱忍下來，就讓那群小丑得意一陣子再說。

（別急……等到一切準備就緒，這份忍耐將獲得千百倍的豐碩回報……）

面對幾乎觸手可及的王位，庫布里克伯爵不斷說服自己務必要忍耐。他要的不只是站上雷莫的權力巔峰，而是更加巨大的東西。

只不過越是注視目標，心中的焦躁感就越是難以抑制，於是庫布里克伯爵便把巴魯希特找了過來。

「偽命術的改良還沒好嗎？」

一見到巴魯希特，庫布里克伯爵便迫不及待地問道。

「很抱歉，還需要更多時間。」

巴魯希特遺憾地搖了搖頭。

偽命術——使庫布里克公爵死而復生，並且成功晉升的紋陣系統——事實上只是半成品。

迫於自己的父親年紀已高、隨時可能過世的時間壓力，庫布里克伯爵要求巴魯希特儘快拿出成果。倉促完成的紋陣系統雖然堪用，卻存在某種缺陷。

那個缺陷就是，無法賦予受術者靈智。

受術者在復活後，也會失去自主思考的能力。只能接受簡單的指令，然後有如傀儡般行動。

就算是奴隸，聰明的奴隸也比愚笨的奴隸來得有用，何況是不會思考的奴隸？

更麻煩的是，既然不會思考，當然就無法吸收知識、累積經驗。對於魔法師來說，這等同於斷絕了成長之路。

魔法師的實力強弱，是由魔力領域與操魔技術這兩個指標決定的。庫布里克公爵得到了王級的魔力領域，卻失去了磨練操魔技術的心智。

庫布里克公爵之前與莎碧娜戰鬥卻落居下風，就是因為他根本不懂如何運用王級的魔力，純粹依靠過去的記憶在戰鬥。

嚴格說來，庫布里克公爵並不是王，而是偽王。他只是一個站在公爵級的頂點，讓人誤以為是王級的存在罷了。

庫布里克伯爵渴求完整的偽命術。要實現他的野心，區區一個偽王是不夠的。之所以容許首都那群小丑如此放肆，也是因為他需要時間。

「依你估計，還需要多久？」

「這很難講，大人。雖然只差一步，卻是極為關鍵的一步。為了搶時間，我們先前省略、扭曲了很多部分。不把那些部分矯正回來、重新架構的話，只會做出效果更差的東西。特別是魔力的多角結構……」

「好了、夠了，我知道了。」

庫布里克伯爵不耐煩地舉手打斷對方的話。他對魔導科技的理論毫無興趣，只想見到成果。

「是，真是對不起。我只是想讓大人您知道，這件事並不容易。」

「我知道，但我還是希望你能加快進度。如果無法趕在亞爾卡斯他們動手前完成，就只能啟動備用計畫了。老實說，那太浪費了。我希望在奪取這個國家的時候，身邊跟著三個真王，而不是偽王。否則在征服世界的時候，恐怕不會那麼順利呢。」

對著低頭致歉的巴魯希特，庫布里克伯爵透露了他那極其宏大、堪稱妄想的野心。

殺死雷莫雙壁，然後用偽命術將他們變成手下。

一旦擁有三位王級魔法師，吞併亞爾奈一事自然不成問題。接著再把亞爾奈的高階戰力殺死、復活，如同滾雪球一樣，不斷強化自己的勢力。最後統一人類四國，完成征服世界的霸業。

這就是庫布里克伯爵心裡的計畫，一個聽起來像是小孩子的妄言，卻很有可能實現的計畫。

這不是可以讓部下知道的事，視情況而定，就算是心腹也必須保密。包括親生兒子在內，庫布里克伯爵從未在他人面前談論這些東西，但今天他卻對一位魔導技師說出來了，而且還不覺得有什麼不對。

「屬下必會竭盡全力，實現大人您的願望。」

「嗯，下去吧。」

庫布里克伯爵揮手斥退對方。

巴魯希特行了一禮，然後退出房間。

※◆※◆※◆※

離開書房後，巴魯希特立刻前往城主府。

城主府警備森嚴，尤其在那件事發生後，警備力量更是提高了一倍之多。門口的衛兵見到巴魯希特，二話不說就讓他通過了。他們收到上面的命令，無論這位面具怪人做了什麼都別管，否則小命難保。

城主府的大廳被列為禁區，庫布里克伯爵派遣私兵封鎖了這裡，就連市長也不准進去，唯有伯爵本人與面具技師可以自由出入。

因為禁止他人進出，就連清掃也不被允許的關係，城主府大廳依舊保持著殘破不堪的狀態。

而在廢墟般的大廳中央，有一名老人孤獨地坐在那裡。

這名老人正是庫布里克公爵。他閉著雙眼，整個人一動也不動，就連呼吸之類的基本生命現象也沒有。如果不知情的人看到了，鐵定會把他當成一具屍體吧。

巴魯希特沒有理會老公爵，他走到大廳的一角，找出了封印紋陣的某個魔力節點，然後注入微弱的魔力。

「莎碧娜‧艾默哈坦喲，心情還愉快嗎？」

巴魯希特用勝利者所獨有、居高臨下的口吻說話了。他的聲音並未響徹大廳，而是透過注入節點的魔力，流進了某個次元的間隙之中。

「被困在沒有時間也沒有空間的虛無之中，除了思考，什麼也不能做，這樣的滋味想必很不好受吧？妳乖乖的將傑諾‧拉維特的下落說出來，我可以大發慈悲，給妳一個痛快。」

巴魯希特的勸誘沒有得到回應，但他沒有生氣，只是發出無聲的嘲笑。身為贏家的自己，沒必要為了輸家的反抗而憤怒。

「這樣啊，妳還真是固執呢。還是說，妳以為有人會來救妳？也對，面對虛無的世界，要是不抱希望，很快就會發瘋吧。可是妳不覺得有人會來救妳的想法很可笑嗎？說得更具體一點，妳以為我會准許這種事發生嗎？」

巴魯希特發出「庫庫庫」的笑聲。他抬手摘下面具，滿是傷疤的臉孔上正掛著扭曲的笑容。

「妳，還有拉維特那個混蛋，把我的一切全都奪走了。這幾年來，我一直在思考如何復仇啊！我作夢都在想要怎麼報復你們！只是殺掉未免太便宜了，我要讓你們飽嘗恐懼與痛苦。肉體也好、意志也好，統統都要撕成碎片，然後拼湊成破布，再重新撕碎一遍！反覆的、反覆的，一直一直一直一直撕碎，直到再也拼不好為止！」

傾注於話語之中的怨恨，濃厚到令人覺得噁心的地步。並沒有使用什麼下流或粗暴的字句，但正是因為這樣，才更能體會到這股仇恨的深邃。那是已經銘刻到骨子裡，與自我完全融為一體的恨意。

清澈、透明，不會被任何事物干擾的仇恨。既不會被激情所左右，也不會被憤怒所支配，因此巴魯希特能夠冷靜地判斷一切，不會犯下任何錯誤。

「……擺脫掉歐蘭茲的影響，你就變成一個無趣的傢伙了。」

一道冰冷的聲音流入了巴魯希特耳中，那道聲音只有他聽得見。

「哦哦，總算肯說話了嗎？雖說對我來說只有幾天，不過對妳而言，恐怕有好幾個月那麼漫長吧？不，說不定是好幾年？畢竟那可是連時間感也會被剝奪的虛無世界嘛。要是就這樣瘋掉了，對妳來說可是一種解脫呢。我絕對不會做出那麼浪費的事，所以才會像現在這樣，每隔一陣子就跑來跟妳說話喲。很體貼吧，嗯？」

「以前的你可不是這麼饒舌的傢伙……不，這才是真正的你吧。」

「這個嘛，誰知道呢？被你們奪走了一切，個性大變也是很正常的。以前的我到底是怎樣的人，我都快想不起來了。不過呢，以前的『我』既然輸給你們，那麼捨棄掉那個『我』也是理所當然的，否則又會再一次敗在你們手上吧。」

「是嗎？比起以前，現在的你簡直就跟垃圾一樣。從你的話裡，我完全感受不到過去那種追求知識的熱情，只剩下腐敗的臭味。」

「呵，激怒我是沒用的哦。想解脫的話，就告訴我傑諾．拉維特的下落吧。如果妳乖乖聽說，我可以答應妳，賜予妳沒有痛苦的死。」

以說服的技巧來說，這種威嚇手法可說是最差勁的，但巴魯希特還是毫不猶豫的使用了。由此可看出他對莎碧娜的殺意與恨意之深。死，或是痛苦的死，除此之外不存在其他選擇。

「我不會告訴你的。絕對不會。」

莎碧娜斷然拒絕。

巴魯希特再度發出飽含惡意的笑聲。

「這樣好嗎？我是絕對不會讓妳逃走的喲。被關進虛空封禁的妳，應該知道這個封印術的可怕吧？妳不在，這世上再也沒人可以放他出來，這樣一來，拉維特遲早會精神崩潰。妳願意眼睜睜看著自己的戀人變成廢物？真是殘忍吶……還是說，妳已經有其他男人了？嘖嘖，真看不出來，妳的床已經讓幾個人爬過了？」

莎碧娜沒有回話，但巴魯希特可以感受到一股極為不快的波動。

「承認吧，妳已經輸了，毫無挽回餘地的輸了。連帶的，拉維特也沒救了。既然如此，何不爽快地說出來呢？這只會讓自己變得更痛苦而已。」

「不用浪費口舌了，巴魯希特。我絕對不會讓你得逞、讓歐蘭茲復活的！」

從莎碧娜口中，再次出現了曾經顛覆世界的魔王之名。

「那種事可不是妳能決定的喲。身為輸家的妳，什麼都做不到。」

「是嗎——？」

莎碧娜的反問似乎帶有某種深意。在那之後，她便不再開口，任憑巴魯希特怎麼挑釁，她都沒有反應。

無奈之下，巴魯希特結束了這場對話，但他沒有立刻離開大廳，而是站在原地仰頭思索。

莎碧娜的反應令他起疑。

不似溺水之人的掙扎，也不像絕望之人的瘋狂。那種奇妙的冷靜感，簡直就像是確定手中握有王牌、足以逆轉局面的賭徒一樣。

自己面對的處境有多糟，莎碧娜不可能看不出來。為了讓銀霧魔女陷入更深的絕望，巴魯希特會將目前的雷莫局勢告知予她，雖然有些誇大之處，但大部分都是實話。莎碧娜應該知道，自己一點機會都沒有。

那麼，她的信心從何而來？

※◆※◆※◆※

帶著淡淡的困惑，巴魯希特回到了自己位於撒謝爾內城區的房子。

這是一棟非常豪華，但又不至於逾越巴魯希特明面上的商人身分的房屋。由於這棟屋子也作為研究室使用，為了防止貴重的魔導科技外洩，庫布里克伯爵在此布下無數暗哨，戒備森嚴的程度僅次於庫布里克公爵府與城主府。

這棟大屋共有三層樓，侍女與僕人的活動範圍被限定在一、二樓與地下室。三樓是巴魯希特用來研究魔導科技的地方。

穿過位於樓梯間的四重警戒紋陣，巴魯希特來到自宅的三樓。待在附著了隔音、耐火、硬化等多重紋陣的研究室裡，巴魯希特覺得輕鬆許多。

那是名為安全感的情緒。

同時，也對產生這種情緒的自己感到些許厭惡。

巴魯希特本身只是一名勛爵級魔法師，而且還是二等勛爵。他的實力太過弱小，若把這副受傷的身體也考慮進去，他甚至連騎士都打不贏。

（真懷念以前的自己。）

受到跟莎碧娜談話的影響，巴魯希特那深埋於心底、自以為早已忘卻的遺憾，又重新被勾了起來。

以前的巴魯希特很強。

如果將範圍限定在雷莫，他的實力足以排入前三位。

當時的自己，就連莎碧娜與阿瑪迪亞克也能擊敗。夠格當他對手的人，只有傑諾・拉維特。

反觀現在，自己連出門都必須小心翼翼，擺出低人一等的姿態，以免不小心死於某個魯莽的三流貴族之手。沒有紋陣的保護，他連睡覺都不放心。

（如果不是那對狗男女……如果阿瑪迪亞克那個白痴再爭氣一點……我、還有這個世界，早就——）

與遺憾同時湧起的，是強烈的憤怒。

但，那股憤怒很快地被壓制了。

巴魯希特的面具也是一種魔導道具，它能夠壓抑持有者的情緒，讓持有者的腦袋隨時保持冷靜。

巴魯希特從過去的失敗中汲取了經驗，當年他就是太過衝動才會中了傑諾的奸計。在那之後，他特地製造這個面具，並將它取名為「復仇者」，就連睡覺也不肯取下。

怒火雖然被面具壓制，但沒有消失。它只是安靜地待在那裡，慢慢燒灼巴魯希特的身心，將仇恨徹底融入骨髓。就像是鍛刀一樣，這個過程每經歷一次，他的復仇意志就更強韌一分。

巴魯希特站在原地，等到那股恨意徹底與血肉融為一體之後，他吐了一口長氣。

「……工作吧。」

巴魯希特一邊呢喃，一邊打開其中一扇門。

房間裡面塞滿了各式各樣的儀器，地板也爬滿了無數導管，整個空間充斥著一股無秩序的味道。在凌亂的房間中央有一張床鋪，上面躺著一名金髮男子。

這名金髮男子正是莎碧娜的親衛隊隊長哈里斯。

哈里斯身為親衛隊隊長，應該知道不少秘密。庫布里克伯爵希望藉由巴魯希特的手，將那些有價值的情報撬出來，以便作為武器使用。

事實上，這項工作由那些擅長審訊、拷問的人來做更加合適。但那些人老是為了問出情報而做過頭，而哈里斯日後說不定還能派上用場，若是因為藥物或酷刑而變成廢人，那也未免太浪費了，因此庫布里克伯爵只好將這件事交給巴魯希特。

巴魯希特先是走到某個儀器旁邊看了看數據，接著又檢查了一下培養皿的狀況。只見他一個人在房間裡來回走動、忙個不停，約莫過了兩個多小時，他才停在靠牆的桌子旁休息。

「這個，這個，還有這個……今天的進度就到這裡吧。」

巴魯希特拿起桌子上的計畫進度表，上面寫著一連串的研究項目，數目不下二十個。除了少數幾個被畫上紅線的項目，巴魯希特在確認欄上面統統打了勾，表示達成了預定進度。

如果此時有其他魔導技師在場的話，應該會大罵巴魯希特是騙子吧。

魔導科技是一門精深的學問，絕不是一個人埋頭鑽研就能完成的東西。自「魔導科技」一詞問世以來，這門學問已經發展了一千八百多年，其內容也隨著時間的累積越發艱深奧妙。若是單打獨鬥，恐怕直到老死都不會有成果，數名魔導技師共同鑽研一個項目才是正道。

然而此時的巴魯希特不但獨自從事研究，甚至連助手也沒有，完全推翻了現代魔導科技的常識。

庫布里克伯爵對魔導科技毫無概念，所以從未對巴魯希特沒有助手一事起疑過。

如果他自己，或是身邊有人對魔導科技稍有了解的話，就會知道這名面具技師究竟有多異常。

「……呼。」

連續兩個多小時的高強度工作，就算天才如巴魯希特也覺得累了。他一邊嘆氣，一邊走向房間中央的床鋪。

躺在床上的哈里斯一動也不動。他臉色蒼白，頭上插著數根長針，呼吸若有似無。為了減少不必要的麻煩，巴魯希特用了某種獨特手法，使哈里斯呈現假死狀態，直到晚上才解開束縛，讓他從事維持生命機能的活動——例如進食或排泄。

「那麼，今天問什麼呢……？」

巴魯希特拿起置於床鋪旁邊的筆記本，裡面記載了許多單字與短句。這些都是從哈里斯身上挖出來的消息。數量雖多，有用的卻很少。

接著巴魯希特的雙手來回翻飛，迅速改變了插在哈里斯頭上的長針位置。

「你叫什麼名字？」

「……霍……霍……霍爾……哈里斯。」

「真名呢？」

「霍爾……加萊……哈里斯。」

巴魯希特微微點頭。

詢問真名是必要的問題，可以用來確認他的大腦操弄手法有沒有出現失誤。連真名都肯說的話，代表一切正常。

「那麼，咱們繼續談談英格蘭姆．亞爾卡斯吧。上次講到哪裡了呢？唔……對，你說那個男人曾經私下向你打聽親衛隊的事，就從那裡開始吧。」

「英格蘭姆．亞爾卡斯……親衛隊……保護陛下……劍術高手……突然消失……」

哈里斯斷斷續續地說道。這種不成句的說話方式正是操腦術的諸多缺點之一，巴魯希特將這些零碎的話語抄進筆記本裡。能否從中看出有價值的東西，並且追問出完整情報，非常考驗審訊者的洞察力。

說實話，巴魯希特很討厭做這種浪費時間的事情，但為了給雇主一個交代，也為了問出有關傑諾的線索，他只能耐著性子慢慢詢問。

「你聽過有關傑諾．拉維特的事嗎？」──像這樣的問法是沒有意義的。

莎碧娜嚴禁他人談論有關傑諾的事情，唯一知道傑諾下落的，恐怕只有她本人而已。莎碧娜當然也不可能對任何人透露傑諾的事情，因此只能像現在這樣一點一點地收集碎片，從中推敲出可疑的部分。

「鬼面具……」

聽到這個奇妙的字眼，巴魯希特不禁停下正在抄寫的手。

「鬼面具？那是什麼？」

「鬼面具……女人……陛下的侍衛……」

「戴著鬼面具的女人？而且是莎碧娜・艾默哈坦的侍衛？她是誰？」

「不知道……」

「嘖！」

巴魯希特忍不住咋舌。

如果巴魯希特對宮廷政治多關注一點的話，多少會聽說過莎碧娜身邊的鬼面侍衛傳聞，並藉此聯想到一些東西吧。可惜的是，就像庫布里克伯爵只對魔導科技的成果感興趣一樣，巴魯希特只在意政局變化能否為自己帶來利益。

由此可知，巴魯希特並非名門世家出身。貴族子弟對於政治的關注，就像呼吸一樣自然，至於能否看穿政治博奕與戲法，又是另一個層次的事。

巴魯希特放下筆，他覺得自己的身體與精神都很疲憊，是應該休息一下了。

（……鬼面具嗎？）

或許應該把重點放在那個女人身上，巴魯希特心想。

雖然不知道沿著這條線會釣出什麼東西，但總比漫無目標的搜索來得好。可能的話，他希望能在庫布里克伯爵蟄伏不動的期間得到成果。一旦庫布里克伯爵開始行動，他這邊也不得不分出精力去照應。

（繼阿瑪迪亞克之後，好不容易才找到值得利用的對象，可不能隨便毀掉啊……）

巴魯希特「嘿喲」一聲，準備從椅子上站起來。

「不准動。」

伴隨著陌生的聲音，一股惡寒流遍全身。

巴魯希特重新坐回椅子上。

不是因為他想坐，而是因為四肢不聽使喚。面具技師再也無法任意指使自己的身體，就連開口說話也辦不到，現下他能做的，只剩下轉動眼球之類的、微不足道的小事而已。

在視界的邊緣，巴魯希特見到了不應該出現於此的人影。

那是、有著一頭砂色頭髮的男子。

鋼鐵獵犬。

（麥朗尼．里希特！）

見到來者的髮色後，巴魯希特腦中瞬間閃過某個名字。那是比雷莫雙壁更值得警戒，被所有貴族忌憚與厭惡的危險人物。

巴魯希特詛咒自己的大意。

若要舉出莎碧娜的部下裡面有哪個人最該被警戒，那個人的名字一定是里希特。

誠然，武力方面是亞爾卡斯與札庫雷爾更強，但里希特的危險性卻是最高的。

當初巴魯希特還在阿瑪迪亞克麾下時，這隻瘋狗不知道破壞了他們多少計畫。就算成功捕捉了莎碧娜，巴魯希特還是經常保持警惕，為的就是防備里希特，沒想到自己還是疏忽了。

「你最好什麼也別做，否則就殺了你。」

流入耳中的聲音聽起來無比冷酷。

巴魯希特感覺身體的壓力突然減輕，這是里希特刻意壓抑靈威的關係，目的是為了讓他可以說話，以便拷問情報。

里希特走到巴魯希特面前，雙眼緊盯著對方不放。

「不用緊張，只要乖乖回答我的問題，就什麼事也沒有。」

里希特放緩聲音，語氣溫柔地說道。他的視線與聲音彷彿有種奇特的力量，能夠使人無條件地感到信服。

這是魅惑之型。

里希特擅長隱密之型，這點眾所皆知，但很少有人知道他在魅惑之型上也擁有極高的造詣。

「你叫什麼名字？」

「……我叫巴魯希特，大人。」

「全名呢？」

「夏卡．巴魯希特。」

「很好，巴魯希特。我現在問你一些問題，你願意誠實地回答我嗎？」

「當然，大人。這是我的榮幸。」

「你的回答讓我很高興，巴魯希特。」

里希特露出溫和的微笑，彷彿正在跟相識多年的老友聊天一樣。

魅惑之型的原理，在於用魔力干涉受術者的思維，下達強烈的「眼前這個人是好朋友」或「對方值得信賴」之類的心理暗示。魅惑之型無法強行扭曲受術者的心智，所以施術者必須注意自己的言行，若是做出威嚇性的舉動，受術者的自我防衛本能會與心理暗示起衝突，使魅惑之型失效。

「巴魯希特，你看起來似乎是魔導技師，對吧？」

「是的，大人。我是一位魔導技師，為庫布里克伯爵工作。」

「可是你好像懂得一些奇妙的審訊技術，這不是魔導技師該會的東西吧？你從哪裡學來的？」

里希特朝著床上的哈里斯看了一眼。

巴魯希特審問哈里斯的過程，里希特全都看在眼底。那種詭異的長針刺顱技法讓他驚訝不已，就某方面來說，它比魅惑之型還要厲害。

「我不能說，大人。」

「哦？為什麼不能說？」

「因為，我很感謝您。」

「嗯？」

「感謝您給了我一段非常短暫、但非常寶貴的時間。」

這一瞬間，里希特感到某種異常冰冷的東西滲透全身。彷彿整個人被浸入酷寒的水裡，從頭頂到腳趾都冷到發麻。

里希特立刻察覺到這股寒意的正體。

那是他許久未曾經歷過的、名為靈威壓制的恐懼。

在此同時，里希特身後的牆壁突然炸開，一道黑色的影子從煙塵中有如閃電般竄入室內。

「庫布里克公爵！」

里希特大聲怒喊來襲者的名字，並在第一時間啟動了自己的底牌——魔操兵裝。

《打工勇者05》完

# 後記

終於，《打工勇者》邁入了第五集。

不知道讀者對這一集的內容是否感到滿意？如果有人願意點頭，並在 FB 或 BLOG 上講一句「還不錯啦」，我會非常感激。

這一集的內容主要是在描述銀霧魔女消失後的局勢，有鑑於一些讀者喜歡先翻後記，在此就不浪費字數多做說明，畢竟劇透不是一件好事。事實上，我就因為在上一集的時候，事先跟夜風老師透露了這一集的爆點，結果夜風老師看完這一集的稿子後，給出了「有點平淡耶？」的評語，讓我沮喪了好一陣子……

說實話，這一集我寫得還挺快樂的。可能的話，很想多寫一點主角們玩弄（？）首都貴族的劇情，但這樣會影響計畫好的故事進度，只好作罷。

在此特別感謝夜風大師，這次也是在百忙之中繪製了封面與彩頁。對了，請放心吧，那句「早知道軍服就不要設計得那麼複雜了，畫得好煩啊！」的抱怨，我是絕對不會告訴其他人的！真的，請相信我！

最後，希望大家能夠繼續支持我的作品。
第六集將是疾風怒濤般的一集，請不要錯過哦！

天罪　二〇一七年一月

暴力黑牧師
と
求愛犬騎士
實力派作者
鬱兔
華麗派繪師
夜風
新一代的邂逅奇遇，英雄救英雄!!!
看破壞狂牧師・艾迪恩♂
如何抵抗無視性別追求真愛的忠犬騎士♂
與護草千金♀！
寶貝！
我來保護你！
咦?
呀～我的王子さま好帥！
不思議工作室_
立即搜尋
華文聯合出版平台
www.book4u.com.tw
行銷總代理
采舍國際
www.silkbook.com
不思議FB粉絲團
版權所有© Copyright 2017

新世紀超級英雄
HERO TEAM 03
Novel 奇梵 Illust Naive
Hero Team的傳說——
星銀騎士，從煉獄中歸來！
即使被打倒在地，
超級英雄也絕不言棄！
新世紀超級英雄
新世紀超級英雄
全國各大書店、網路書店、租書店，熱賣中!!!
羊角
不思議工作室_
立即搜尋
華文聯合出版平台
www.book4u.com.tw
行銷總代理
采舍國際
www.silkbook.com
不思議FB粉絲團
版權所有© Copyright 2017

Novel KILO
Illust 薩那SANA.C
TAKASAGO PROJECT
眼球戰車
幻瞳與百目鬼
當魔法師對上退魔三家，
當眼球殺手激爆出沒，
今夜的高砂北都妖影幢幢！
奇特的眼球魔法師，教你如何吸眼上身！
今晚你要幾顆眼球呢？www
高砂幻想譚第2彈!!
典藏閣
華文聯合出版平台
www.book4u.com.tw
采舍國際
www.silkbook.com
不思議工作室
立即搜尋
版權所有© Copyright 2016

什麼なに！
我是征服世界的
好苗子？
Novel
矛盾
Illust
薩那SANA.C
Am I a World Conqueror?
找好夥伴，脫離現實，與外星少女一起征服地球吧！
全套五集，全國各大書店、租書店、網路書店熱賣中！
典藏閣
華文聯合出版平台
www.book4u.com.tw
采舍國際
www.silkbook.com
不思議工作室_
立即搜尋
版權所有© Copyright 2016

羊角系列 037

# 打工勇者 05

出版者■典藏閣
作　者■天罪　　繪　者■夜風
總編輯■歐綾纖
製作團隊■不思議工作室

郵撥帳號■50017206 采舍國際有限公司（郵撥購買，請另付一成郵資）
台灣出版中心■新北市中和區中山路 2 段 366 巷 10 號 10 樓
電　話■(02)2248-7896　傳　真■(02)2248-7758
物流中心■新北市中和區中山路 2 段 366 巷 10 號 3 樓
電　話■(02)8245-8786　傳　真■(02)8245-8718
ISBN■978-986-271-744-8
出版日期■2017 年 2 月

全球華文國際市場總代理／采舍國際
地　址■新北市中和區中山路 2 段 366 巷 10 號 3 樓
電　話■(02)8245-8786　傳　真■(02)8245-8718

新絲路網路書店
地　址■新北市中和區中山路 2 段 366 巷 10 號 10 樓
網　址■www.silkbook.com
電　話■(02)8245-9896
傳　真■(02)8245-8819

**☞您在什麼地方購買本書？☜**

1. 便利商店(________市／縣)：☐7-11　☐全家　☐萊爾富　☐其他____________

2. 網路書店：☐新絲路　☐博客來　☐金石堂　☐其他__________

3. 書店(________市／縣)：☐金石堂　☐蛙蛙書店　☐安利美特animate　☐其他____

姓名：________地址：______________________________

聯絡電話：____________　電子郵箱：______________________

您的性別：☐男　☐女　　您的生日：西元________年________月________日

（請務必填妥基本資料，以利贈品寄送）

您的職業：☐上班族　☐學生　☐服務業　☐軍警公教　☐資訊業　☐娛樂相關產業

☐自由業　☐其他__________

您的學歷：☐高中（含高中以下）　☐專科、大學　☐研究所以上

**☞購買前☜**

您從何處得知本書：☐逛書店　☐網路廣告（網站：__________）　☐親友介紹

（可複選）　☐出版書訊　☐銷售人員推薦　☐其他________________

本書吸引您的原因：☐書名很好　☐封面精美　☐書腰文字　☐封底文字　☐欣賞作家

（可複選）　☐喜歡畫家　☐價格合理　☐題材有趣　☐廣告印象深刻

☐其他________________

**☞購買後☜**

您滿意的部份：☐書名　☐封面　☐故事內容　☐版面編排　☐價格　☐贈品

（可複選）　☐其他

不滿意的部份：☐書名　☐封面　☐故事內容　☐版面編排　☐價格　☐贈品

（可複選）　☐其他

您對本書以及典藏閣的建議________________________________________

____________________________________________________________

____________________________________________________________

✌未來您是否願意收到相關書訊？☐是　☐否

**✍感謝您寶貴的意見✍**

**印刷品**

$3.5
請貼
3.5元
郵票
不思議信箱
FUSIGI POST

235 新北市中和區中山路二段366巷10號10樓

**華文網出版集團　收**

**（典藏閣－不思議工作室）**

# 打工勇者 05

天罪 NOVEL
ILLUST 夜風